당신을 응원합니다

윤슬

인생에서 성공하려거든
끈기를 죽마고우로,
경험을 현명한 조언자로,
신중을 형님으로,
희망을 수호신으로 삼으라.

조지프 애디슨, 영국 수필가

Best를 버리니 Only가 보였다

미처 몰랐던 진짜 내 모습 찾기 프로젝트

Best를 버리니 Only가 보였다

윤슬

담다

오늘은 걸음으로 기억하겠지만

내일은 길로 기억될 것입니다

기록디자이너 윤슬

Best를 버리니 Only가 보였다

프롤로그

이상하게
어중간하다는
말이 싫었다

어떻게 된 일인지 늘 어중간했다.

그림도 어중간, 운동도 어중간, 공부도 어중간, 글도 어중간. 뭐 하나 자신 있게 내세울 만한 재능이 보이지 않았다. 무엇을 하든 어떤 것을 하든 특별해 보이거나 도드라져야 하는데, 나는 그렇지 못했다. 내가 나를 설득할 수 없으니, 다른 사람을 설득하기는 더욱 어려웠다. 내가 어중간하다고 생각한 순간부터 내 삶도 어중간해졌다.

그렇다면 지금은 달라졌을까? 어중간하다는 말을 이제는 싫어하지 않게 되었을까? 그건 아니다. 여전히 어중간이라는 말을 좋아하지 않는다. 다만 관점이나 시각이 조금 달라진 것 같기는 하다. 하지만 이것도 어디까지나 태도적인 접근일 뿐, 이것도 저것도 아닌 모습에 대한 경계심은 크게 달라지지 않았다. 다만 긍정적인 변화의 조짐이 보였다는 의미이다.

예를 들면, 그림을 배울 때 재능이 어중간해도 집중해서 정성을 들이면 충분하다고 생각하게 되었고, 운동을 시작하고서는 실력이 부족해도 참여하기로 한 횟수를 빠지지 않고 참여하면 된다는 마음을 가지게 되었다. 그러니까 실력이나 재능을 겸비했느냐보다 노력과 과정에 대한 마음가짐을 더 중요하게 다루게 된 것이다. 다시 말해 어중간한 능력이 아니라 어중간한 태도를 경계하게 된 셈이다.

어중간한 것 중의 으뜸

대한민국의 많은 사람이 '아침'을 소홀히 여긴다. 소홀하다 못해 시시하게 생각하는 모습도 많다. 당연한 아침이 왔고, 당연히 눈을 떴으며, 모든 것을 당연하게 이해한다. 아침을 감사한 마음으로 맞이하면 좋겠지만, 어제의 연장으로 받아들인다.

한 번만 다시 생각해 보면 아침을 맞이한 것은 절대 당연한 일이 될 수 없다. 몸의 유기적인 세포들이 엉뚱하게 결합하거나 무리하게 움직이지 않았고, 마음은 해결해야 할 문제로 고민을 떠안았지만 전체적인 수준으로 확대하지 않았다. 영혼은 어제의 흔적을 서랍 속에 넣었고, 하얀 백지상태로 태양을 맞이할 준비를 끝마쳤다. 이것이 아침이다. 잘 자고 일어난 아침은 결코 시시한 것이 될 수 없다.

아침, 점심, 저녁, 늦은 밤까지 우리는 어떻게 보내고 있을까? 아니, 나는 어떻게 보내고 있을까? 우선 그 질문에 대한 대답부터 찾아 보자.

나는 두 아이의 엄마다. 출판사 대표이며, 17권의 책을 냈다. '윤슬타임 에세이 코칭 아카데미'를 운영하며 글쓰기, 책 쓰기 프로그램과 독서모임을 진행하고 있다. 여기까지 얘기하고 나면 갑자기 분위기가 달라진다. 대단히 존경스럽다는 눈빛으로 마치 다른 세상을 살아가는, 특별한 사람으로 이해하는 모습이다. 하지만 세밀하게 들여다보면 어느 것 하나 특출난 부분이 없다.

나는 고등학교 3학년, 중학교 3학년을 둔 곧 오십이 되는 '현실 엄마'다. '너희는 사춘기, 엄마는 갱년기'라는 말을 농담처럼 던지면 서로 알아듣는다. 현재 어디에 서 있는지 분명하게 인지하는 것이다. 그런 상황에서 좋은 엄마, 존경받는 엄마, 롤모델이 되는 엄마를 꿈꾸며 살아가지만, 늘 어중간한 느낌이다.

출판사 대표라는 직함을 가슴에 달았지만, 외적으로 내적으로 많은 성장이 필요한 상황이다. 막히는 것이 생겨 묻기 바쁘고, 문제가 생기면 나도 모르게 말이 빨라지고 마음이 급해진다. '에세이 전문 출판사'를 위해 성실하게 노력하고 있고, 저자를 발굴하기 위해 다양한 방식으로 노력하고 있지만, 아직 갈 길이 멀다.

17권의 책. 그중 몇 권이 주간 베스트에 오르긴 했지만 유명한 베스트셀러 작가는 아니다. 조금 유의미하게 바라본다면 처음 몇 권은 지인의 도움이었다면, 그 이후부터는 나의 노력을 알아주는 독자들과 함께 이룬 성과라는 점이다. 작가로 살아온 시간만 따지면 그래도 뭔가 할 말이 있는데, 판매량으로 얘기하면 여러모로 애매한 위치에 있다.

멋진 엄마가 되고 싶었지만 실수를 피하지 못했고, 그나마 다정한 것이 장점이라면 장점이다. 출판사 역시 저자들, 그리고 주변의 힘이 컸다. 그래서인지 요즘 부쩍 드는 생각이 있다. 대표라는 직함은 대표선수가 되어 뛴다는 의미이지, 맨 앞에서 박수를 받는다는 의미는 아닌 것 같다.

하여간 하나씩 묻고 답하기를 반복하다 보니 전혀 예상하지 못한 결론에 도달했다. 어중간한 게 싫다고 하면서도, 어떻게 된 일인지 어중간한 위치에 있는 것을 참 많이 가졌다. 그러니까 Best에 대한 강박으로 가득했던 사람이 어중간한 것을 잔뜩 모은 사람이 되었다. 그것도 그중에서 거의 으뜸이 되어 가고 있다. 그런데 더 신기한 것은 '어중간한 것을 잔뜩 모든 사람 중의 으뜸'이라는 표현이 싫지 않다는 사실이다. 오히려 고유하고 독특하게 다가온다.

Best one 말고 Only one

나는 눈도 잘 돌아가고, 귀도 컸던 까닭에 세상의 소리에 어떻게든 나를 맞추려고 노력했다. 더 나은 위치에 있고자 하는 욕심 같은 것도 있었다. 돈을 많이 벌든, 자격증을 더 많이 소유하든, 어떤 식으로든 '~보다 더'를 머릿속에 끼고 살았다. 그러다 보니 끝이 없었다.

아니, 끝이라는 게 생겨날 수 없었다. 나보다 창의적인 사람, 나보다 위대한 사람, 나보다 부자인 사람, 나보다 행복해 보이는 사람은 계속 생겨났으니까.

그래서 책 읽기를 시작했다. 살고 싶어서. 이대로는 안 될 것 같아 읽고 또 읽었다. 궁금해서 읽기도 했다. 다른 사람도 나와 비슷한 생각을 하고 있는지, 그들은 나와 같은 고민을 어떻게 해결하는지, 내가 정상인지 혹은 비정상인지 확인하고 싶었다. 그렇게 어느 정도 시간이 흐른 후부터는 읽은 것을 기록하고, 삶에 적용할 것은 없는지를 찾았다. 세포 하나하나에 전달될 수 있도록 정성을 쏟았다.

독서와 기록, 적용 사이에 어떤 거래 같은 것은 없었다. 모든 것은 아주 자연스러웠다. 눈앞에서 결과가 온전하게 드러나지는 않았지만 막연하게 '이렇게 살아가고 싶어'라는 방향성이 보이기 시작했다. 그러면서 나는 하나밖에 모르는 사람처럼 공자의 조언을 믿어 보기로 다짐했다.

'배우고 때때로 익히면 즐겁지 아니한가?'

배우고, 때때로 익힌 것을 아침부터 실천하기 위해 노력하고 있다. 아침에 일어나 잠자리 정리를 시작으로, 잠들기 전 '오늘 하루 잘 보냈는가?'라고 질문하기를 잊지 않는다. 이 책은 그렇게 배우고, 익히고, 때때로 즐거웠던 날들에 관한 이야기다. 나의 아침, 점심, 저녁 그리고 늦은 밤 잠자리에서 떠올린 것들과 배운 것을 적용하는 과정에서의 느낌과 생각을 정리했다. 아주 특별한 상황에는 예외를 두기도 했지만, 그렇지 않은 날에는 반복적으로 진행한 것들도 모아 보았다.

이런 나의 적용, 행동이 세상의 기준이 될 수는 없다. 아니 그렇게 되어서도 안 될 것이다. 옳고 그름의 토론 주제가 되는 것도 원하지 않는다. 그저 또 하나의 관점, 또 하나의 견해, 또 하나의 인식으로 다가가면 충분할 것 같다. 누군가의 마음, 태도, 가치관과 만나는 지점에서 꽃으로 피어날 수 있다면, 충돌이 생겨나는 곳에서 과감하게 망치 역할을 자청할 수 있다면 더없는 기쁨이 될 것 같다.

무엇보다 곧 청춘 시절을 맞이할 두 아이에게 도움이 되기를 바란다. 지나온 청춘의 흔들림을 잘 알기에, 앞으로 겪을 청춘의 열병을 예상하기에.

가끔 흔들릴 때도 있었지만, 나는 내 삶이 추구하는 방향에 대해 고민했고 그 길로 나를 이끄는 방식을 선택했다. 그러면서 감히 only one을 꿈꾸었다.

그런 의미에서 이번 책은 인생이 내게 던진 질문에 대한 답이 될 것 같기도 하다.

2023년 검은 토끼해를 맞이하며,
기록디자이너 윤슬

무지개가 아무리 아름답다 할지라도

15분이 넘도록 사라지지 않고

하늘에 걸려 있다면

아무도 올려다보지 않을 것이다.

요한 볼프강 폰 괴테

차례

Best를 버리니 Only가 보였다

part 1.

작가로
살아간다는 것

국경이 필요했다

아직도 생생하게 기억하는 장면이 있다. 여기저기 원고지가 흩어져 있고, 마룻바닥에 배를 대고 누워서 뭔가에 심취한 사람처럼 끄적이는 모습. 다시 생각해 보니 약간 우스운 모습이다. 거실 한쪽에는 원고지 뭉치 몇 개와 무지 노트가 층층이 쌓여 있다. 주소만 적힌 누런 대봉투에 자꾸 시선이 간다. 누군가의 방해가 전혀 없는, 혼자 거실을 독차지하고 누워 호사를 누리는 모습이 인상적이다. 의지가 드러난 것이 있다면 두 입술을 다문 채, 미간을 잔뜩 좁힌 얼굴뿐이었다. 진지함이나 엄숙함을 넘어 이유를 알 수 없는 비장함이 느껴진다.

정확하게 기록으로 남겨 놓지 않은 까닭에 몇 살이었는지, 언제였는지 더 이상의 추적은 어려워 보인다. 하지만 누런 봉투, 원고지 뭉치, 무선 노트를 통해 유추

해 낼 수 있는 뭔가가 있기는 하다. 아주 오래도록 매달린, 계란으로 바위 치기를 한다는 말을 증명이라도 하듯 끝내 포기하지 못하던 것이 있다. 신춘문예와 신인상 공모전. 이십 대 중반, 아니 후반까지도 특정 기간이 되면 향수병에 걸린 사람처럼 퇴근길에 원고지를 사서 집으로 돌아왔다. 굳이 필요하지도 않은 누런 대봉투 몇 장을 손에 들고. 자주 들리는 문구점에서 원고지와 대봉투를 바라볼 때마다 혼자 중얼거렸다.

'곰도 아니고, 이렇게 미련을 떨치지 못해서야….'

하지만 그 순간뿐이었다. 중얼거림이 끝나기도 전에 계산을 끝낸 원고지와 누런 봉투를 가방에 밀어 넣고 있었다. 어떤 결정도 내리지 못하고 뜨뜻미지근하게 제법 오랜 시간을 그렇게 보냈다. 크기와 상관없이 보상을 기다렸지만, 돌아오는 것은 없었다. 몇 차례 계절이 모습을 바꾸었고, 마음이 몇 번 들쑥날쑥했지만, '이제 그만할래'라는 말은 끝내 나오지 않았다.

참 오랫동안 반복했던 그 일이 서른을 맞이하면서 끝났다. 대단한 상을 받았다거나 높은 자리에서 이름이 불린 것은 아니다. "가능성이 있어 보여요"라는 심사평과 함께 문예지에서 신인상을 받았다. 그게 전부였다.

하지만 내게는 그 정도면 충분했다. 포기하기 딱 좋은, 국경 넘는 것을 포기해야 하지 않을까 고민하던 내게는 '가능성'이라는 단어만으로도 충분했다. 아주 작은 가능성일지라도, 그것을 믿고 덤벼들 용기는 남아 있었으니 말이다. 하나의 끝에서 다른 하나가 시작되는 지점, 국경이 필요했던 시절, 그렇게 나는 국경을 만났다.

이름을 되찾기 위해 내가 한 것

나에게 글쓰기는 대화 창구다. 혼자 고해성사를 하듯 하나의 형식을 반복적으로 수행하는 공간이다. 이때는 주로 내가 마주한 문제나 현실의 얘기가 소재인데, 일어나고 잠자고 먹는 일에서부터 만나고 헤어지고 마주치는 일상의 이야기가 대부분이다.

누군가는 피아노를 치면서, 혹은 그림을 그리면서, 또는 공원을 가볍게 달리면서 떠나보내는 것을 나는 글쓰기라는 행위로 해결하고 있다. 그래서 혹독함이나 처절함이 모습을 드러낼 때면, 최대한 빨리 그곳으로 달려간다. 혹독함이 내 몸을 뚫고 지나가는 것을 가만히 두고 보지 않겠다는 심정으로, 처절하게 무너지지 않겠다는 다짐으로 말이다. 그렇지만 내가 원천적으로 갈구하는 것은 관대함이다. 일상이 던지는 중대한 혹은 소소한 질문에 대해 관대함으로 마중 나가고 싶은 욕심이 있다. 그러니까 관대함을 되찾기 위해 글을 쓴다고 해도 과언이 아니다. 정리하면 혹독함이나 처절함이 나를 짓누를 때, 꼭 그만큼의 무게로 관대함을 갈구한다.

관대함을 되찾기 위한 여정은 쉽지 않았다. 항상 누군가가 있었다. 그 사람의 이름이 있었고, 그녀의 이름이 있었다. 하다못해 그런 일이라는 것이 있었다. 나와의 관계도 불분명하고, 상관관계 역시 애매한데 나는 항상 그들의 감정과 생각을 복기하기에 바빴다. 내 인생인데, 내 이야기인데, '나'라는 존재는 없었다. 나를 설명하기 위해서는 부수적인 설명이 뒤따라야 했고, 어느 부분에서도 독립적이지 않았다. 나의 자리를 되찾아 올 필요가 있었다. 아니, 나의 이름을 되찾아야 했다.

나는 날카롭고 단호한 방법을 선택했다. 어떤 상황에서든 가장 먼저 나의 이름을 불러 주기로 한 것이다. 나를 설득하기 위해 애쓰기보다 지금 어떤 상황이 벌어졌는지 어떤 감정에 둘러싸여 있는지 공감해 주는 쪽으로 방향을 수정했다. 처음에는 많이 어색했다. 하지만 반복을 이기는 장사는 없었다. 그 과정에서 몇 편의 글이 쌓이고, 몇 권의 책이 쌓이면서 더는 손가락에 불필요한 힘이 들어가지 않게 되었다. 다행히 그런 노력은 나와 내 삶을 향한 관대함으로 이어졌다.

혹독함이나 처절함에 짓눌리지 않기 위해서든, 관대함을 되찾기 위해서든 내가 선택한 행위는 단 하나였다. 나의 이름 불러주기, 오롯이 나의 들숨과 날숨에 의지하기. 나에게 읽기는 들숨이었고, 쓰기는 날숨이었다. 들숨과 날숨이 생명에 호흡을 불어넣었고, 그 과정은 오늘도 현재진행형이다.

프롤로그가 계속 바뀌더라고요

"작가님, 제가 작가님 책을 몇 권 가지고 있잖아요. 물론, 아는 작가님이 작가님 말고는 없지만. 이번에 프롤로그를 준비하면서 작가님의 프롤로그를 천천히 살펴봤어요. 보니까 프롤로그가 계속 바뀌더라고요."

프롤로그를 천천히 살펴봤다는 얘기에 움찔했다. 프롤로그를 한 글자씩 꼼꼼하게 읽는 모습을 상상하니, 갑자기 머리가 하얘졌다. 변화의 모습이 발견되었다는 것은 기쁘고 즐거운 일이지만, 과정적으로 모든 것이 드러난다고 생각하니 마음이 급해진다. 아무래도 '조금 더 열심히 읽고 공부해야겠구나'라는 다짐을 속으로 매일 되뇐다는 사실을 고백해야 할 것 같다.

굳이 저 일이 아니어도 나의 역사를 가진 분이 더러 생겨나고 있다. 오래전에 낸 책을 가진 분도 있고, 2018 년에 낸 책을 가진 분도 만났다. 근래 출간한 신간을 가진 분도 계셨다. 매 순간 삶을 사랑하는 마음으로 성실하게 써 내려갔다고 얘기하긴 하지만, 마음을 이끄는 문장이 그분들의 시선을 머물게 했을지 걱정되는 것도 사실이다.

하지만 늘 걱정만 하는 것은 아니다. 가끔은 힘을 실어주는, 그러니까 내가 삶을 사랑하기 위해 노력하고 있음을 알아주는 피드백을 받을 때도 있다. 며칠 전에도 비슷한 일이 있었다. 신간을 읽고 메일을 주셨는데, 내가 어디에 서 있는지, 어느 곳을 바라봐야 하는지 진지하게 생각할 기회가 되었다고 했다.

"작가님의 책을 몇 권 읽으니, 어떤 사람인지 직접 만나지는 못했지만 조금 알 것 같아요. 저도 그렇게 살아보려고요."

책은 곧 말이고, 말은 곧 사람이라고 생각한다. 그래서 책을 한 권씩 완성할 때마다 어느 한 지점으로 이동했다는 것을 보여 주기 위해 노력한다. 아주 다이내믹하지는 않지만, 끊임없이 변화를 시도한다. 그러다 보니 프롤로그도 옷을 갈아입고, 표현 방식에도 변화가 생겨난 것 같다. 똑같은 배경 화면 속에서 반복적으로 살아가는 것이 아니라, 입체적인 풍경 속에서 본능적으로, 감각적으로 더하거나 빼기를 하면서 말이다.

만나는 사람이 다양해지고 있다. 어느 하나 소홀하게 대할 수 없는 이야기로 가득해 앞으로도 프롤로그는 계속 바뀔 것 같다. 마치 내 삶이 바뀌는 것 같은 기분을 느끼면서 말이다.

내가 만들어 가는 무늬

딸, 아내, 엄마, 작가.

시간을 중심으로 나의 중심 세계를 배열해 보면 크게 딸, 아내, 엄마, 작가라는 형태로 변화했다. 어떤 자리에서든 각각의 세계에 가장 잘 어울리는 모습을 취하기 위해 노력했고, 가장 잘 어울리는 태도를 고민했다. 야망이나 대단한 결심 같은 것 없이, 고정된 생각을 고집하기보다는 유연한 사람이 되기를 희망하면서 말이다.

나는 부모님을 만나면 수다스러운 딸, 누구보다 용감하게 세상을 향해 나아가는 딸이 되는 것을 주저하지 않는다. 부모님의 시간은 나의 시간과 반대로 흐른다는 것을 발견한 후부터 더욱 그런 것 같다. 어떤 의미로든 부모님과 나는 연결되어 있고, 서로의 일부이며, 삶을 향해 기죽지 않기를 바라는 마음에는 차이가 없다는 것을 누구보다 잘 알고 있다.

아내라는 자리는 발을 디디지 않았더라면 몰랐을 세계 중 하나다. 사랑이 삶이 되는 순간부터 새로운 공부가 필요했다. 승률의 문제도 아니고, 위치의 문제는 더더욱 아니었다. 서로의 영역을 인정하는 절차를 거쳐야 했고, 사물을 이해하는 방식과 해결하는 관점에 차이가 있다는 것을 감각적으로 익혀야 했다. 어떤 이유에서든 서로의 안위를 보존하는 것에 합의를 이뤄야 했다.

엄마라는 자리는 조금 더 복합적인 세계였다. 생전 처음 목격하는 상황과 감정에 세심한 터치가 필요했고, 낯선 길임에도 불구하고 방황하지 않아야 한다는 강박 같은 게 있었다. 한 걸음, 한 걸음 크게 내딛는 것이 아니라 종종걸음으로 조금씩 앞으로 몸을 움직여야 했다. 얼핏 보기에는 모든 것을 아는 것처럼 행동하지만 어느 것 하나 제대로 안다고 말하기 어려웠다. 그러면서 결심했다. 엄마라는 자리는 평생 연구직으로 남겨 놓기로.

작가. 내 영혼이 만든 '제2의 나'라고 생각한다. 활동적으로 보내는 시간에도 만날 수 있고, 주변이 모두 고요해진 시간에도 만날 수 있다. 혼자만의 만남이라 은밀하고, 농축된 모습일 때가 많다. 바로잡아야 할 것이 있다면 바로잡기 위해, 주저 없이 달려 나가야 할 것이 있다면 달려 나가기 위해, 어떻게 해야 할지 잘 모르는 상황에서도 어떤 식으로든 이야기를 이어 나간다. 그 덕분에 조금이라도 어제보다 더 나은 사람이 될 수 있었다고 생각한다.

"마르쿠스는 전쟁터에서 불굴의 용기를 보여 주었지만,

전기 작가 프랭크 매클리의 말처럼 마르쿠스의 가장 용기 있는 행동은 '타고난 비관주의를 억누르려고 부단히 노력한 것'이었다."

『소크라테스 익스프레스』을 읽다가 무릎을 탁 치면서 혼자 연신 고개를 끄덕였던 문장이다. 타고난 비관주의를 억누르려고 부단히 노력한다는 말이 얼마나 큰 위로가 되었는지 모른다. 가만히 생각해 보면 나는 수시로 '비관적인 마음'을 목격했다. 어떻게 하면 이 상태를 벗어날 수 있을까를 고민했다. 그런 노력이 반복되는 과정에서 나는 딸, 아내, 엄마, 그리고 작가로 중심 세계를 조금씩 이동했다. 아니, 더 정확하게 표현하면 나의 세계를 만들어 왔다.

자연에는 리듬이 있고, 흐름이 있다. 거창한 변화가 눈에 띄게 일어나는 것은 아니지만 끊임없이 변화를 추구한다. 마치 단계를 거치듯 하나의 과정이 다른 과정의 원인이 되기도 하고, 결말이 되면서 유기적으로 연결된다.

나의 삶도 비슷한 것 같다. 나만의 리듬이 있고, 흐름으로 살아가는 중이며, 완전히 동떨어진 것이 아니라 하나의 큰 그림을 향해 달려가는 느낌이다. 앞으로 어떤 리듬으로 어떤 세계를 그려 낼지 지금으로서는 알 수 없다. 다만 분명한 게 있다면, 누군가의 기대에 부응하기 위해 리듬을 익히거나 마음을 얻기 위해 세계를 옮기는 일은 없을 것이다. 어떤 순간에도 내 삶에 대해서만큼은 주인공이 되기를 고집할 것이다.

'읽는 인간'에서 '쓰는 인간'으로

책을 읽고 난 후 어떤 식으로든 기록을 남긴다. 완벽하지는 않지만 어떠한 것도 비집고 들어올 수 없는 벅찬 감정에 사로잡히는 순간에도 나만의 방식으로 흔적을 남긴다. 보통은 저자로부터 제공받은 것에 대한 고마움을 전달하기 위해 단상이나 리뷰, 서평을 쓴다. 하지만 어떤 날에는 책의 내용과 상관없이, 일상의 무언가와 맞닿은 지점에 관한 글을 쓰기도 한다. 그러니까 어찌 되었든 책을 읽은 후에 나는, 아주 중요한 일을 하듯이 '쓰는 인간'이 되기를 자청한다.

당연한 얘기겠지만 처음부터 이런 사람은 아니었다. 그냥 읽었고, 멋져 보이려고 읽었으며, 읽어야 할 것 같아서 읽었다. 그랬기에 아무 생각 없이 책을 덮었고, 멋진 문장을 앵무새처럼 외우는 것으로 끝난 경우가 허

다했다. 마음에 파고든 내용이나 문장이 없는 것은 아니지만, 굳이 기록으로 남기고 싶다는 생각은 들지 않았다. 다시 말해 '읽는 인간'으로 만족했다. 그래서인지 책으로 인해 내 삶에 뭔가 변화가 생긴다거나, 마음가짐이 달라진다거나, 삶의 패턴이 바뀐다는 느낌은 없었다. 단 한 권의 책으로 삶이 바뀔 수 있다고 하는데, 나는 예외였다. 무수하게 많은 책을 읽었지만, 밑 빠진 독에 물 붓기였는지 눈에 띄는 변화가 없었다.

변화가 감지되기 시작한 것은 블로그와 친해지면서부터였다. 컴퓨터와 친숙하게 지내는 환경 탓에 우연히 블로그를 알게 되었는데, 책을 읽고 좋았던 문장을 노트가 아닌 블로그에 옮기게 되었다. 이유는 모르겠지만 블로그를 통해 만난 나의 글은 색다르게 다가왔고, 자신감이 느껴졌다. 내 안에서 뭔가가 빠져나가는 동시에 좋은 기운이 몸 안으로 파고드는 기분이었다. 그동안 노트 위에서 하던 것들을 블로그로 옮긴 것밖에 차이가 없는데 이상하게 두 배쯤 더 멋지게 다가왔다.

그 느낌이 좋아 그때부터 수시로 블로그를 들락날락했다. 소소한 감정과 생각을 자판으로 옮겨 나갔다. 책을 읽은 것에 관해 쓰거나, 삶이 내 편이라는 기분을 갖게 한 날에 대해 기록했다. 어느 날에는 도무지 해결할 길이 없는 것을 두고 마음을 정리하기 위한 도구로 활용하기도 했다. 하여간 상황과 무관한 사람처럼 흔적을 이어 나갔다. 그렇게 나는 '쓰는 인간'이 되었다.

'쓰는 인간'이 되었다고 해서 거창한 일이 하늘에서 뚝 떨어지거나 삶에 대단한 변화가 드라마틱하게 생기지는 않았다. 하지만 한 편의 글을 완성할 때마다 밥맛이 좋아지고, 물도 꿀처럼 달콤하게 느껴졌다. 살아갈 이유와 살아갈 힘을 동시에 얻는 기분이었다. 그 마음이 오늘도 노트북을 열게 만든다.

"비타민 먹을 시간이에요."

그랬다.

내겐 블로그가 비타민이었다.

베스트셀러 반열에 올라야 할 텐데요

베스트셀러 작가 되기.

고백하자면, 진심으로 베스트셀러 작가가 되는 것이 인생의 목표인 적이 있었다. 그때는 책이 출간되고 나면 이른 아침, 눈을 뜨자마자 핸드폰을 가져와 온라인 서점에 들어갔다. 판매지수를 살펴보고, 지수가 올랐는지 내려갔는지 꼼꼼하게 살펴보았다. 판매지수에 변동이 없거나 내려간 날에는 아무리 맛있는 것을 먹어도 영 입맛이 돌아오지 않았다. 반면 판매지수가 조금이라도 올라간 날에는 세상에 그렇게 인심 좋은 사람이 없었다. 마음을 나누는 일에도, 금전적인 것을 베푸는 것에도 인색함이 없었다. 그렇게 대략 일주일쯤 흘렀을 때, best 몇 위라는 숫자가 생겨나면 그때부터는 '그냥 작가'가 아니라 '베스트셀러 작가'라는 타이틀이 좋아

혼자 구름 사이를 뛰어다녔다.

하지만 그런 상황은 오래가지 못했다. 어느 정도 지나면 판매지수에 하강 곡선이 나타나기 시작했다. 그러면서 내가 발을 딛고 있는 곳이 어디인지 자각하게 되었다. 구름이 아니라 땅 위를 걷고 있다는 것을. 그때부터는 몸 안에서 힘이 빠져나가는 것을 무방비 상태로 지켜봐야 했다. '인생은 속도가 아니라 방향이다'라는 명언을 수십 번 되새기면서 '가능성'으로 고개를 돌리려고 노력했지만, 부정적이고 한계를 담은 표현이 일기장을 차지하는 것은 일도 아니었다. 그렇게 며칠이 지나 베스트셀러라는 딱지도, best 몇 위라는 단어도 사라지고 나면 완벽하게 우울 모드로 전환했다. 약간의 시간 차이가 있었지만, 감정의 높낮이에 미묘한 차이가 있었지만, 몇 권의 책을 내는 과정에서 반복적으로 경험한 일이다.

몇 년을 그런 방식으로 보냈다. 물론 요즘도 비슷한 패턴이나 감정을 경험하지만, 전반적으로 무뎌진 느낌이다. 정확하게는 '베스트셀러'라는 단어에 집착하지 않게 되었다. 예전처럼 아침마다 온라인 서점에 들어가 판매 순위를 살피거나 베스트셀러 딱지가 잘 붙어있는지 확인하는 일이 사라졌다. 물론 그렇다고 베스트셀러 작가가 되고 싶지 않다는 의미는 아니다. 베스트셀러 작가에 대한 바람은 여전하다. 베스트셀러 작가로 불린다면 더없는 기쁨이다. 하지만 그것이 전부는 아니었다. 나는 베스트셀러 작가가 되었다고 멈출 것도 아니고, 베스트셀러 작가가 되지 않았다고 해서 포기할 것도 아니기 때문이다.

언젠가 배우 박정수의 인터뷰 기사를 본 적이 있다. 작품 활동을 못 한 지 몇 년 되었다는 말과 함께 필라테스를 열심히 하고 있다는 소식을 전했다. 그녀는 드라

마를 보면 스토리가 아니라 누가 주연인지, 조연인지에 더 관심이 간다고 고백했다. 그녀의 말에 저절로 고개를 끄덕여졌다. 기사 마무리에 그녀가 말했다. '언제 나를 뽑아 줄까?'라는 생각으로 좋은 작품을 기다리며 꾸준하게 자신을 관리하고 있다고. 그녀의 기사를 읽으면서 생각했다. 겉으로 보이는 상황, 호칭, 숫자가 내가 해낸 것, 하고 있는 것, 하고 싶은 것을 모두 설명하지는 못할 거라고.

그러면서 다짐했다. 앞으로도 머릿속에 있는 어떤 생각이나 선택, 결정, 신념에 관해 믿음이 생겨나면 지금까지 그랬던 것처럼 잘 매만져 세상에 소개하자고. 나의 목소리가 누군가의 세상과 공명하는 순간을 기대하면서 말이다.

글만 퇴고하는 게 아니었다

"제 글의 특징을 이번에 알게 되었어요!"

"예전에 다른 사람이 제 글을 보고 어렵다고 했는데, 무슨 말인지 이번에 알았어요!"

"강요하는 게 아니라 글을 통해 보여 주라는 얘기잖아요?"

"퇴고가 정말 중요하네요. 처음 글을 쓸 때는 잘 몰랐는데…."

공저 쓰기 수업을 마치면서 나온 얘기다. 공저 쓰기 프로젝트는 일정 기간 여러 명이 함께 모여 한 권의 책을 완성하는 프로젝트인데, 그날은 초고 쓰기가 끝나고 퇴고를 이어 나가는 중이었다. 보통 글쓰기라 하면 글을 쓰는 것, 초고를 끝이라고 생각하는데 가장 중요한 일은 그 이후에 일어난다. 바로 퇴고, 그러니까 고쳐쓰

기다. 이것은 무의식적으로, 우주에 홀로 떠 있는 기분으로 써 내려간 것을 구체적이고 현실적인 언어로 재구성하는 작업인데, 퇴고를 여러 번 반복하면 본래 전하고 싶었던 진짜 메시지가 드러난다.

그런데 솔직히 퇴고는 쉽지 않다. 연관성, 개요를 확인하고, 문장이 매끄럽지 못한 것을 찾아내어 수정해야 하는데, 그런 세심함은 필연적으로 긴장 상태를 요구한다. 그래서 우리끼리는 퇴고를 '새로 쓰기'라고 표현한다. 문장이나 단어를 고치기보다 전체적인 구성에서 문장, 단어로 폭을 좁혀 나가면서 거의 새롭게 쓴다고 할 수 있기 때문이다. 그렇게 한참 고쳐 나가다 보면 한쪽 문을 닫고 다른 쪽을 향해 있는 새로운 문을 열어젖힌 것 같은 기분이 든다. 그래서인지 누가 시키지도 않았는데, 어느 지점이 되면 "차라리 다시 쓰는 게 낫겠어요!"라는 말이 저절로 터져 나온다.

글을 쓴다는 것, 특히 퇴고는 저절로 행해지는 자연스러운 행위가 아니다. 어떤 결단력이 발휘된 지점이다. 지나온 삶의 결정을 되돌아보고, 마음속에 지니고 있던 물음표를 일부러 밖으로 끄집어내는 하나의 사건이다. 그러니까 외부에서 어쩔 수 없이 생겨나는 사건이 아니다.

보이지 않는 압력에 의한 강압적인 변화가 아니라 내면에 잠들어 있는 욕망, 갈증, 열정의 결합이다. 동시에 자기 리듬을 점검하고, 어떤 곡조를 즐기고 있으며, 어느 부분에서 템포가 빨라지는지를 확인하는 협력의 시간이다.

퇴고를 끝마칠 때쯤 몸에서 힘이 빠져나가고, 적당히 밝아진 기분을 발견하는 것은 나에게 무엇과도 비교할 수 없는 기쁨을 선사한다. 뭔가 근원적인 것을 발견한 것 같은 경건함과 함께 순수한 아이들의 모습이 보인다. 글만 퇴고한 게 아니라 마치 자신과 자기 삶을 퇴고한 모습이다.

아마 그래서일 것이다. 지금까지 공저 쓰기, 책 쓰기 프로젝트를 이어 나가는 이유가.

심플하게, 뜨겁게 그리고 함께

오래전 글쓰기 수업을 기획하던 날이 생각난다. 여러 가지 책을 찾아 읽고, 프로그램을 살펴보면서도 만족할 만한 답을 찾지 못했다. 어느 정도 방향을 잡았다는 느낌과 달리 특별한 자격을 갖추어야 한다는 생각이 수시로 나를 괴롭혔다. 아직 멀었다는 생각에 마음을 내려놓았지만, 얼마 지나지 않아 어떻게든 시작해 보고 싶다는 마음이 나를 부추겼다. 그리고 결국 글쓰기 수업을 오픈했다.

글쓰기 수업 첫날 아침, 내가 가장 먼저 한 일은 '나의 시간'을 복기하는 것이었다. 여기까지 어떻게 왔는지, 글쓰기를 어떻게 시작하게 되었는지, 지금 이 순간 단단한 마음으로 지켜나가고 있는 것은 무엇인지 되돌아보았다. 그러면서 하나의 명제를 완성했다.

"글쓰기는 글을 쓰는 사람을 위해 가장 먼저 쓰인다."

나의 글쓰기 수업은 심플하다. 단순하다고 표현할 수 있지만, 그보다는 '심플하다'고 표현하고 싶다. 글쓰기를 통해 치유를 경험하고, 결과적으로 마음의 평온함을 되찾을 수 있도록 도와주는 것이 방향이고, 목표다. 거창하거나 화려한 수식어는 최대한 자제한다. 왜냐하면 그것이 내가 경험한 글쓰기이며, 몸으로 배운 글쓰기이기 때문이다.

사실 글쓰기는 자신의 생각과 감정을 표현하는 것이다. 그러니까 생각을 인정하고 감정을 받아들이는 과정에 불과하다. 하지만 '받아들이기'에 익숙하지 않고 '드러내기'가 어색한 경우, 글쓰기는 도전이고 커다란 숙제처럼 느껴진다. 딱 내가 그랬다. 일기는 잘 쓸 수 있는데, 감정을 나열하는 글은 일필휘지(一筆揮之)할 수 있는데 글쓰기는 쉽지 않았다. 하지만 다행스럽게도 나는 반복에 강한 사람이었다. 포기하지 않고 받아들이기와 드러내기를 연습했고, 요즘은 거기에서 더 나아가 해방감을 운운할 정도가 되었다. 그러나 이 모든 결과가 나의 노력이 이룬 성과는 아니다.

여기까지 오는 과정에 결정적으로 기여한 사람들이 있으니, 바로 내 글을 읽어 주고, 공감과 댓글을 달아 준 이들이다. 그들은 나와 함께 글쓰기를 하는 것은 아니지만, 함께 글을 쓰고 있다는 느낌을 갖게 해 주었다. 그러니까 나의 글쓰기 동무 역할을 해 주었다. 특히 블로그에 글을 올리는 것은 평가의 자리가 아니라, 관점을 공유하고 시선을 확장하는 학습의 장이었다. 그 덕분에 지루함을 느끼기보다는 설렘을 유지할 수 있었는데, 그 과정에서 나는 또 하나의 명제를 완성할 수 있었다.

"직접 글을 쓰는 시간을 확보해야 하고, 서로의 글을 공유하는 과정에서 '함께'의 힘을 경험할 때 글쓰기는 훨씬 더 막강한 힘을 가진다."

두 가지 명제를 지켜오는 과정이 쉽지만은 않았다. 낯선 무리 속에서 글을 쓰고, 어렵게 써 내려간 글을 공유하는 것에 대한 거부감은 예상보다 거셌다. 거기에 '함께'를 불편하게 여기는 시선 때문에 속앓이를 하기도 했다. 하지만 나는 고집을 꺾고 싶지 않았다.

'글쓰기 자체를 경험하게 하자.'
'글을 쓰면서 뇌를 뜨겁게, 마음을 뜨겁게 달구는 느낌을 가지게 하자.'
'나의 글, 너의 글이 모여 우리의 글이 된다는 것을 알려 주자.'

오늘도 나는 '인생은 속도가 아니라 방향이다'라는 믿음 아래 경험을 통해 얻은 것을 바탕으로 글쓰기 수업을 이어 나가고 있다. 그래서 모든 시간에 글쓰기 훈련을 하고, 서로의 글을 공유하는 시간을 포함시킨다. 어렵게 바라보면 한없이 어려울 것 같고, 쉽게 생각하면 쉽게 바라볼 수 있는 시간, 그게 나의 글쓰기 수업이다.

"심플하게, 뜨겁게 그리고 함께."

생각을 따라왔을 뿐인데, 마음이 허락한 길을 살펴보았을 뿐인데, 예상하지 못한 큰 수확이 생겨났다. 나의 글쓰기 수업을 설명할 단어를 만났다.

글을 쓰기 위해 세상과 단절하거나 고립될 필요는 없다. 글을 쓰기 위해 모든 것을 버리고 혼자 산으로 갈 필요도 없다. 오히려 '산'이 아니라, '삶'속으로 들어가야 한다. 세상의 그 무엇도 '삶(살아가는 것)'보다 우선일 수 없다.

아침에 일어나 식탁에 밥상을 차리는 일상, 새벽밥을 먹고 직장으로 달려가는 일상, '이 곳만 아니면 되는데'라는 일상, 그런 '일상성'을 벗어났을 때, '완벽한 글'이 나온다고 생각하면 착각이다.

인생은 '고요한 밤'이 아니라 '질퍽한 밤'에 더 가깝다. 글쓰기는 질퍽한 밥 한 그릇 후에 마시는 한 모금의 물과 같다. 십년이 넘는 세월동안 글을 쓰면서 새롭게 깨달은 사실이 있다.

글쓰기는 삶을 껴안는 방법이며,
삶을 사랑하는 새로운 방법이다

윤슬, 『글쓰기가 필요한 시간』

Best를 버리니 Only가 보였다

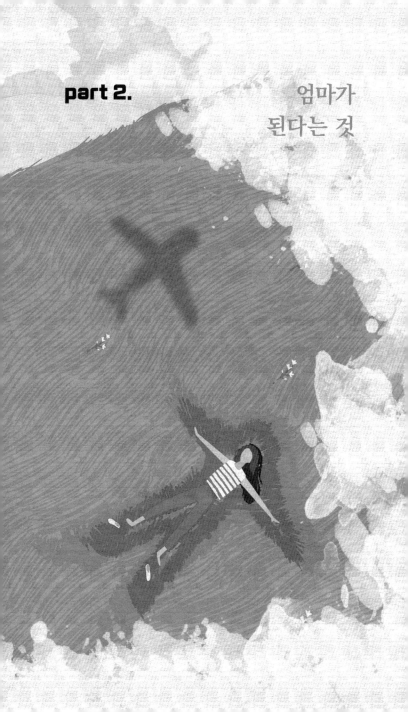

part 2.

엄마가
된다는 것

360명의 일등

나는 좋은 엄마가 되고 싶다는 바람이 가득했지만, 좋은 엄마가 어떤 엄마인지 알지 못했다. 주변에 조언을 구하기도 했지만, 어느 정도까지였다. 모두 나처럼 좋은 엄마가 되고 싶다는 마음만 가득할 뿐, 방법을 알지 못해 허둥지둥 바쁜 모습이었다. 이처럼 잘 모르는 것이 생기면 사람마다 해결하는 방식이 다양한데, 나는 보통 책으로 시작한다. 그래서 책을 찾아 읽었다. 육아, 부모 교육, 학습에 관한 책 등.

내가 이어령 선생을 만난 것도 그 과정에서였다. 나에게 그는 이 시대의 지성인이라는 타이틀보다 『천년을 만드는 엄마』의 저자였다. 2000년, 새로운 천년을 맞이하는 사람들, 특히 그중에서 엄마와 아이를 위해 준비한 작품이었다. 길지 않은 분량에 시처럼 쓰여 있어,

읽기에 무리가 없었다. 하지만 분량과 상관없이 책을 읽는 동안 나는 수시로 걸음을 멈춰야 했고, 한참 동안 거울 속의 나를 들여다보아야 했다. 마치 거울 속에서 이어령 선생이 내게 반복적으로 질문을 던지는 것 같았다.

"지금 어떤 엄마의 모습을 보여 주고 있나요?"
"아이들을 어디에 세워 놓았나요?"
"아이들에게 어디를 향해 달려가라고 얘기하고 있나요?"

오래된 장면이 불현듯 떠오른 것은 외부에 글쓰기 수업을 나갔을 때였다. 글쓰기 훈련이 진행되는 시간이라 여유가 생겨 물끄러미 창밖을 바라보고 있었다. 강의실 맞은편에 중학교가 있었는데, 운동장에서 아이들이 원반던지기 연습을 하고 있었다. 삼삼오오 짝을 이루어 위치를 바꿔 가며 원반을 던지고 있었다. 서너 명이 똑같은 자리에서 함께 원반을 던지는데, 희한하게 어느 하나 똑같은 방향으로 나가지 않았다. 모양도 제각각이었다. 노란 원반은 높게, 파란 원반은 낮게 포물선을 그렸다. 보라색 원반의 속도는 빛의 속도였고, 흰색 원반은 하늘에서 내려올 줄 몰랐다.

처음에는 아무 생각 없이 바라보았던 것 같다. 그러다가 뒤이어 몇 그룹이 더 왔고, 또 다른 그룹이 왔는데 달라지지 않았다. 모두 자유 비행이었고, 자유 영혼이었다. 아이들의 마음을 담은 원반은 모두 다른 방향을 향하고 있었다. 아이 한 명 한 명의 개성을 그대로 반영한 것처럼 말이다. 그 모습이 신기하기도 하고, 새롭기도 해서 글쓰기 훈련 시간이 끝날 때까지 시선을 떼지 못했다. 그러면서 생각났다. 『천년을 만드는 엄마』에 나오는 '360명의 일등'이라는 글이.

같은 방향으로 뛰면

일등은 하나밖에 없어요.

그러나 동서남북으로 뛰면

네 사람이 일등을 해요.

360도 둥근 원으로 뛰면 어때요?

360명의 일등이 나오잖아요.

『천년을 만드는 엄마』는 손에 잡히는 대로 읽어 내려갔던 육아서 가운데 하나였다. 하지만 기억에서 사라진 다른 많은 책과 달리, 이 책만큼은 또렷하게 기억하고 있다. 제목부터 메시지까지 마치 어제 읽은 것처럼 생생하다. 그날 저녁 집으로 돌아와 페이지를 한 장씩 넘기는데, 지나온 시간이 하나둘 되살아나기 시작했다. 콩나물시루에 물을 부어 주면 계속 흘러내려 아무 소용이 없는 것처럼 보이지만 그 순간에도 콩나물이 자란다는 글을 읽으며 나는 어떤 모습을 살아가고 있는지 되돌아보았다. 산딸기를 먹는 아기곰을 뒤로한 채 몸을 숨기던 엄마 곰의 이야기 앞에서는 눈시울이 붉어지기도 했다.

360명의 일등.

어떻게 보면 모순적인, 하지만 그러면서도 생명력이 느껴지는 표현이다. 불가능해 보이면서도 가능성으로 가득 찬 모습이다. 그날 저녁 나는 다시 한번 마음을 다듬었다.

'360명의 일등을 얘기하는 사람이 되어야지.'
'360개의 삶을 응원하는 사람이 되어야지.'

서대주가 누구야?

"엄마, 서대주가 누구야?"

질문을 금방 알아듣지 못한 나는 다시 물었다.

"응? 뭐라고?"

"서대주가 누구냐고. 우리 집에는 없잖아?"

"서, 대, 주?"

"응!"

"아빠 이름도 아니고, 엄마도 아니고, 나도 아닌데….."

혼란스러운 얼굴을 하고 있지만 내 눈에는 환하게 웃는 것 같았다. 당시 첫째가 여덟 살이었는데, 초등학교에 입학하고 얼마 되지 않았을 때였다. 우편함이 신기했는지, 재밌는 일을 발견한 것 같은 기분이었는지, 누

가 시키지도 않았는데 항상 우편물을 챙겨 왔다. 그날
도 여느 날과 다르지 않았는데 우편물 하나가 신경이
쓰였던 모양이다. 자신이 모르는 사람의 이름이 적힌
우편물을 가져오면서 엘리베이터를 타고 올라오는 내
내 궁금했던 모양이다.

"이거…."
"응?"

아이가 내민 하얀 봉투를 받아 들었다.

"○○○ 세대주님 귀하."
"아…하!"
봉투를 받고 한참 웃었던 기억이 난다. 첫째는 영문을
모르는 표정으로 있다가 설명을 듣고는 큰소리로 웃더
니 이내 화장실로 들어갔다. 햇살이 얼굴을 가렸다면

딱 저 모습이었을 것이다.

보험 관련 서류를 찾다가 우연히 발견한 빨간 노트에 적혀 있던 에피소드인데, 입가로 미소가 번지는 것을 막을 수 없었다. '세대주'의 '세'가 자기 성(姓)인 '서'로 보였던 첫째. 초등학교에 입학하고도 왼쪽과 오른쪽이 헷갈려 고생했다. 책을 읽는 줄 알았더니 통째로 외워서 말하던 아이. 받아쓰기가 힘들다고 속상해하던 모습이 눈에 선한데, 내년이면 스무 살이 된다. 아주 잠깐이었지만 잊고 지냈던, 없어진 줄도 몰랐던 소중한 보물을 길어 올린 기분, 빨간 노트를 매만질 때의 내 마음이 딱 그랬다.

사실 빨간 노트는 아이들을 위해 준비한 선물 같은 것이다. '아이들에게 쓰는 편지' 같은 것으로, 태교 일기처럼 써 내려오던 것이다. 처음에는 컴퓨터에 적었는데, 어느 순간 노트로 옮겨 왔다. 편지라고 하면 기쁨, 감사, 행복이 넘쳐야 할 것 같은데 솔직하게 고백하면 사과문이 훨씬 많다. 교육적인 차원에서 훈육하고 난 후, '엄마도 엄마가 처음이라서 그래, 미안해'를 연신 내뱉던 모습이 눈앞에 그려진다. 지나온 시간에 대한 기억이 떠오르면서 부끄러운 마음이 가득하다. '미안해'라고 할 만한 일을 다시는 하지 않겠다고 다짐하고도, 얼마 지나지 않아 또 '미안해'가 보인다. 많은 것이 서툰, 아니 모든 것이 처음인 시절이었다.

얼마나 시간이 흘렀는지, 몇 페이지를 읽어 내려갔는지 모르겠다. 몇 개의 추억이 동시다발적으로 떠오르면서 과거로 시간 여행을 떠난 기분이었다. 가만히 생각해 보면 그때는 모든 것이 처음이었으면서도 처음이라는 것이 들통나지 않기를 바라는 마음이 컸다. 감당하기 힘들고, 속상한 감정에 사로잡혀 휘청거리면서도 아무릇지도 않은 척 보낸 날이 많았다. 그러니까 전혀 철학적이지 않은 순간에도 철학적으로 보내고 싶은 욕심 같은 게 있었다.

그렇다고 지금은 모든 것을 잘 아는 사람이 되었다는 것은 아니다. 여전히 나와 아이에게 오는 모든 시간은 처음이기에, 그 앞에서 허둥거릴 때가 많다. 하지만 다행스럽게도 예전보다 덜 방황하고, 덜 허둥대고, 덜 충돌한다. 아이와의 관계에서도 그렇고, 내 마음 안에서도 그렇고.

그래서 용기 내어 목소리를 내어 본다. 인생은 공식이나 개념으로 살아가는 게 아니라고. 똑같은 상황을 두고 누군가는 저지대를 향해 고개를 돌리고, 또 다른 누군가는 햇살을 향해 고개를 돌린다고. 그러니 어느 쪽으로 바라볼 것인지 그것만 선택하자고.

언제나 네 편이란다

"엄마 그때 기억나? 저번에 살던 집 내 방에 책장 있고 구석진 데 있었잖아. 내가 거기서 울었던 적 있는데 기억나? 어떤 애가 장난친다고 눈 속에 돌멩이 넣어서 던지는데 그거 맞기 싫어서 도망 다니다가 넘어져서 울면서 들어왔잖아. 그때 엄마가 나 위로해 줬는데."

"그럼, 기억나지!"

"그때 엄마가 걔들 혼냈다고 했는데, 진짜 그랬어?"

"그럼, 당연하지. 눈 속에 돌멩이 넣고 던지면 안 된다고 얘기해 줬지."

"각 잡고?"

"눈에 힘 빡 주고! 잘못된 행동이라고 말해 줬지. 얘기했잖아. 엄마는 네 편이라고."

둘째는 거친 성격의 소유자가 아니라 부드러운 말투와

표현을 가진 아이다. 몸으로 뭔가를 설명하는 방식보다 상황이나 감정을 말로 전달하는 게 쉬운 아이다. 그런 까닭에 소통과 친화력보다 힘과 용기를 강조하는 분위기를 좋아하지 않는다. 하지만 그런 점이 학교나 밖에서는 약한 모습으로 보일 수 있다. 그 사실을 누구보다 잘 아는 까닭에 언제나 마지막에 한마디를 꼭 덧붙여 준다. 어려운 상황에 놓이거나 스스로 해결하지 못하는 문제가 생기면, 그때는 엄마에게 얘기하라고 말이다.

그날은 대구에 오랜만에 눈이 '펑펑' 내렸다. 둘째가 태권도장에 다니는 동네 아이들과 눈사람을 만들고 눈싸움을 했는데, 그중에 짓궂은 장난을 즐기는 아이가 있었다. 평소에도 장난이 지나쳐 관계 맺기 어렵겠다고 생각하던 아이였다. 그런데 그날, 그 아이가 호기심에서든 장난이든 눈 속에 돌멩이를 넣어 공격하기 시작했고, 도망치다가 넘어진 둘째를 놀리며 아이들이 함께 웃고 있었다. 아이들과 잘 놀고 있을 거라고 여겨 한참 뒤에 공원을 찾았다가 뒤늦게 상황을 알게 되었다. 아이들의 장난이라고 해도 이건 아니라는 생각이 들었고, 심한 장난을 친 두 아이를 불렀다. 눈 속에 돌멩이를 넣는 행위는 잘못된 것이며, 사람을 다치게 하는 것은 더 나쁜 행동이라고, 둘째에게 말한 것처럼 눈에 힘을 빡 주며 얘기했다. 그 순간 두 아이가 내 말을 알아들었는지는 두 번째 문제였다. 나는 내가 한 말을 지켜야 했다.

"엄마가 뒤에 있을 테니까 힘들 때는 언제든 달려와. 좋을 때 엄마 생각나겠어? 친구 생각나고, 좋아하는 사람 생각나겠지? 근데 힘들 때 있잖아. 살다 보면 가끔 곁에 아무도 없다는 느낌이 들 때도 있거든. 그럴 때는 꼭 엄마한테 달려와. 엄마가 네 편 들어 줄게!"

지금도 이 마음에는 변함이 없다. 그리고 앞으로도 지켜 나가기 위해 노력할 생각이다. 지나온 시간을 되돌아보면 내게도 고비라는 것이 많았다. 예쁜 유리잔이 눈앞에서 떨어진 것처럼 설명할 수 없는 아픔으로 밤새워 운 적도 있고, 우주에 내 편이 하나도 없다는 기분에 모든 것을 놓고 싶다는 마음에 사로잡힌 적도 있었다. 하지만 감사하게도 나는 맨 마지막까지 내몰리지는 않았다. 어느 시점이 되면, 내 자리로 돌아올 수 있었다. 나를 붙잡아 주는 단 한 사람이 있는 곳으로 말이다. 어느 날에는 친구, 어떤 순간에는 가족이라는 이름으로 나를 붙잡아 주었다. 아마 그 마음을 기억하는 까닭일 것이다. 훌쩍 커서 중학교 3학년이 된 둘째에게 여전히 비슷한 말을 건네는 것을 보면 말이다.

"엄마는 언제나 네 편이란다."

담엔 더 예쁘게 말할게

나는 복(福)이 많은 사람이라고 생각한다. 더 솔직하게 얘기하면 복(福)이 찾아오기를 기다리는 사람이라고 해야 할 것 같다. 그래서 복이 들어올 통로를 만들려고 노력하는 편이다. 그러면서 '뭐라도 해 보자'라는 마음으로 내게 온 일을 보물처럼 끌어안게 되었고, 자연스럽게 일복이 늘어났다. 누굴 원망하고 싶어도 원망할 수가 없다. 대부분 내가 자초한 일이기 때문이다. 하지만 주말만큼은 모든 것을 내려놓고 쉬려고 하는데 처음에는 그마저도 쉽지 않았다.

오랜만에 찾아온 일요일 아침의 평온이 너무 좋았다. 모든 순간을 온전히 내 것으로 누리고 싶다는 마음이 가슴 밑바닥에서부터 솟아올랐다. 하지만 그런 마음을 아는지 모르는지 시선이 집 안 구석구석으로 향했고, 해야 할 일을 하지 않았다는 생각에 마음이 불편해졌다. 빨래 더미에 쌓여 있는 옷가지들, 갑작스럽게 차가워진 날씨에 이불을 바꾸면서 세탁기 앞에 펼쳐놓은 여름 이불, 토요일 저녁에는 쉬고 싶다는 마음에 미뤄둔 설거지, 비집고 틀어갈 틈이 없어 보이는 재활용품까지. 모든 것이 나의 손을 기다리고 있었다. 못 본 척두 눈을 감고 쉬어도 되었지만, 누가 시키지도 않았는데 '뭐라도 해 보자'에 시동이 걸렸고, 결국 빨리 끝내고 푹 쉬자는 쪽으로 방향이 잡혔다. 그때부터 마음이바빠지기 시작했다.

서둘러 설거지를 끝내고, 빠른 속도로 청소기를 돌리며 방 청소를 했다. 미리 분류해 세탁한 옷은 건조기에넣고, 건조기로 해결할 수 없는 옷은 빨래 건조대로 향했다. 이쪽 세계에서 저쪽 세계로, 홍길동처럼 날아다녔다. 보통 이럴 때는 생각, 자아라는 개념은 없다. 기계처럼 자동인형이 되어 머릿속에 기억하고 있는 것을 하나씩 해결할 뿐이다. 바로 그 순간이었다. 침대에 누워 발로 문을 닫으려는 둘째 모습이 보였다. 세탁기에서 꺼낸 빨래를 건조대로 옮길 거니 문을 열어 놓으라는 말을 귓등으로 들었는지, 춥다면서 자꾸 문을 닫으려고 했다. 그때 아주 감정적이진 않았지만, 평소의 말투보다 두 옥타브쯤 올라간 목소리가 나왔다.

"엄마가 문 열어 놓으라고 했잖아?"

갑자기 둘째가 하던 일을 멈추고 고개를 들어 나를 바라보았다. 무슨 일 있느냐는 얼굴이었고, 무슨 상황인지 감을 잡을 수 없다는 표정이었다. 그런 둘째 앞에서 당황한 사람은 오히려 나였다.

'내 목소리가 왜 이렇게 높지?'

'이게 이렇게 목소리 높일 일인가?'

어쩌면 희생하고 있다고 생각했을 수도 있다. 노력을 알아 달라는 몸짓일 수도 있다. 혼자서 어려운 일을 감당하고 있다는 사실을 누군가 알아주기를 바랐던 것일 수도 있다. 거기에 억울한 감정도 뒤섞였을 수 있다. 하여간 어디에서도 관대함을 찾아볼 수 없었다. 문을 열어 두라고 얘기할 수는 있지만, 두 옥타브를 높일 이유는 없었다.

'좀 더 부드럽게 말할 걸…'

미안한 마음이 들었다. 하지만 딱히 떠오르는 말이 없었다. 서둘러 빨래를 건조대에 널고 방을 나왔다.

그때였다.

"엄마는 집안일 중에 어떤 일이 가장 힘들어?"

전혀 예상하지 못한 질문이었다. 애초에 뭔가를 기대하지도 않았고, 특별히 원했던 결말도 없었다. 다만 그런 상황에서 둘째에게 이런 질문을 받을 거라고는 상상하지 못했다. 적당한 대답이 떠오르지 않았다. 어떻게 대답해야 할지 막막했다. 하지만 마음은 전하고 싶었다. 그래서 생각나는 대로 단어를 이어 붙여 나갔다.

"딱히 어떤 것이 힘들다기보다는 부담감 같은 게 큰 것 같아. 세탁도 세탁기의 도움을 받으면 되고, 청소도 청소기의 도움을 받으면 되는 거라, 사실 어떤 게 가장 힘들다고 말하기는 어려워. 다만 빨리 마무리하고 싶은 마음 같은 게 있어. 엄마도 하고 싶은 것이 있으니 얼른 끝내고 쉬거나 원하는 것을 하고 싶다는 마음 같은 거. 그것도 있겠다. 계속 다음을 생각하는 버릇 같은 것. 계속 뭔가를 해야 하고, 그것을 위해 미리 준비해야 한다는 마음 같은 게 있거든. 이런 마음이 부담인 것 같아."

가만히 내 얘기를 듣던 둘째가 한마디를 건넸다.

"그렇구나. 엄마, 힘들겠다…."

인생의 여러 경험에도 불구하고 그날의 장면은 지금도 머릿속에 강하게 새겨져 있다. 아이러니하게도 둘째의 질문에 대답하는 동안, 나의 감정이 어디에서 출발했는지 알게 되었다. 둘째에게 목소리를 높였던 이유가 무엇 때문인지도 알 수 있었다.

뜻하지 않게 위로받았다는 고마움만큼이나 조금 전에 언성을 높여 말한 것이 너무 미안했다. 더 늦기 전에 마음을 전해야 할 것 같았다. '엄마, 힘들겠다'라는 말을 남긴 채 방으로 들어가는 둘째를 불렀다.

"아들, 고맙다. 담에는 엄마가 더 예쁘게 말할게."

수능은 나의 날이 아니었다

나는 1994년에 시작된 '수능 세대'다. 수능은 어디까지나 나에게만 해당하는 말인 줄 알았다. 수능이라는 단어를 고등학교 졸업하고 30년이 흐른 2023년, 고등학교 3학년이 되는 첫째를 통해 다시 만났다.

수능 시험에 관해서는 별로 기억이 없다. 하지만 딱 한 장면이 머릿속에 각인된 것처럼 사라지지 않는다. 방안을 둘러보면 누구도 보이지 않는다. 혼자서 안방을 독차지하고 TV에 집중한 모습이다. 시험을 대단히 잘 쳐서가 아니라, 그 시각에 무언가를 해야 한다면 TV를 보면서 문제 풀이에 귀를 기울이는 것이 정상이었기 때문이다. 물론 걱정이 되었을 수도 있다. 하지만 그것은 내가 하고 싶은 일이 아니었다. 나를 제외한 부모님, 그리고 선생님들이 원하는 일이었기에 자리를 뜰 수 없었다. 진짜인지 가짜인지 불분명한 느낌의 영상이 오래된 자료 화면처럼 곁을 떠나지 못하고 있다.

나는 중학교에서 고등학교로 진학할 때부터 쉽지 않았다. 당시에는 시험을 쳐서 합격해야 고등학교에 진학할 수 있었는데, 1차로 지망한 학교에 떨어져 후기 고등학교로 진학했다. 비록 실패를 맛보았다고 해도 희망을 잃지 않고 학업에 충실하면 좋았으련만, 어떻게 된 일인지 학교에 다니는 동안 내 마음은 땅에 붙어있지 않았다. 밤하늘로 여행을 떠나거나, 달나라 아니면 우주 어느 해안가를 떠다녔다. 성적이 잘 나올 이유가 없었고, 지원한 대학에 입학할 명분도 없었다. 수능과 관련해서는 딱 여기까지 기억난다. 그리고 얼마 뒤에 나온 수능 시험의 결과는 누군가를 원망하거나 화풀이를 할 수 없을 만큼 정직했다. 나는 깔끔하게 잊기로 했다. 그러면서 속으로 생각했다.

'앞으로 내 인생에서 수능이라는 단어를 다시 만나는 일은 없을 거야!'

하지만 그 예상은 보기 좋게 빗나갔다. 올해, 수능이 다시 나를 찾아왔다. 이번에는 주인공이 아니라 조연 역할이다. 오래전 그날, 늦은 시각까지 학교 정문에서 나를 기다리던 부모님이 소환되는 순간이다. 이른 아침 몇 개의 도시락을 한꺼번에 준비하기 위해 새벽부터 부엌에서 분주하게 움직이던 엄마, 회사 일이 몇 시에 끝나든 야간 자율학습 시간에 맞춰 학교 정문을 향해 달려온 아버지까지. 예상하지 못했던 몇 개의 퍼즐이 등장하면서 이전과는 완전히 다른 각도에서 수능이 모습을 드러냈다. 수능이라는 이름을 함께 끌어안고 있는 이들의 마음이 어떤 층위를 이루며, 어떤 모습으로 서 있는지를 이제야 발견한 것이다.

모르긴 몰라도 내가 수능 시험을 치르던 날, 엄마는 절에 갔을 것이다. 그러고는 부처님, 관세음보살님에게 기도했을 것이다. 위대한 일이 성사되기를, 대단히 좋은 결말이 우리를 찾아오기를 바라고 또 바랐을 것이다. 아버지는 회사에서 평소보다 더 열심히, 더 빠르게 움직이셨을 것이다. 자신의 움직임이 하늘에 닿고, 하늘의 입김이 시험에 극적인 보탬이 되기를 희망하면서 말이다.

첫째가 수능 시험을 치르는 시각,
나는 어디에서 무엇을 하고 있을까?
생각이 어떤 행동을 하게 만들고,
모성이 어떤 형태로 발현되고 있을까?

여러 생각이 한꺼번에 떠오르는 요즘이다.

아이에게 배운다

어떤 상황이 벌어졌는지 한참 동안 자초지종을 설명했더니, 계속 듣고만 있던 첫째가 수긍한다는 듯 얼굴을 툭 떨어뜨렸다. 그러고는 아무렇지도 않다는 듯 말했다.

"음, 내가 잘못했네."
"그건 진짜 내가 잘못한 거네."

참 어려워 보이는 일을 어렵지 않게 말하는 아이를 두고 남편과 나는 또다시 고민에 빠졌다. 너무 영혼 없이 얘기하는 게 아니냐고. 왜냐하면 '잘못'이라는 단어를 떠올리는 일은 쉽지 않고, 모든 관점을 동원한다고 해도 스스로 잘못했다고 인정하는 것은 대단히 어려운 일이기 때문이다. 다른 사람은 모르겠지만 우리 생각은 그랬다. 그래서 어릴 때만 그렇고 크면 달라질 거라고 여겼는데, 고등학생이 되어서도 첫째의 모습은 달라지지 않았다. 고등학생이 되어서도 똑같은 모습이었고, 그 말을 듣고 우리는 너무 쉽게 얘기한다고, 진정성이 느껴지지 않는다고 걱정을 늘어놓았다. 하지만 우리의 모습이 이상했는지 첫째가 되물었다.

"잘못한 것을 잘못했다고 하지, 뭐라고 말해?"
"어…?"

참 아이러니한 상황이었다. 잘못했다는 말에 시비를 거는, 잘못했다는 말 외에 진정성이 느껴지는 행동까지 강요하는 사람이 되어 버렸으니 말이다. 그러면서 깨달았다. 모든 것을 나의 방식으로 해석하고, 받아들이고 있다는 사실을. 그날 나는 첫째에게 '잘못했네'를 다시 배웠다.

아주 큰 잘못이 아니더라도

기분 좋게 농담처럼 건넬 수 있는 말이라는 것을.

실수의 강도가 클 때는

'그건 진짜 내가 잘못했네'라고 말하면 된다는 것을.

잘못했다고 판단되면 다른 설명을 덧붙이기보다

그냥 인정하는 게 제일이라는 것을.

배우 윤여정이 아카데미 여우 주연상을 받았다는 기사를 보았다. 윤여정을 두고 송혜교는 젊은 세대와 거리낌 없이 어울릴 수 있는 선배라고 언급했고, 나영석 PD는 현장에서 잘못된 부분이 있어 얘기하면 피하거나 다른 핑계를 대며 떠넘기지 않고 재빨리 인정하고 수긍하는 모습이 인상적이라고 그녀를 소개했다. 윤여정의 모습을 보면서도 잘못에 대해 생각했던 것 같다. 잘 어울리는 사람, 잘못을 수긍할 줄 아는 사람, 미안하다고 말할 수 있는 사람, 그런 사람이 되면 좋겠다고.

일요일 아침, 토스트에 빵을 구워 간단하게 아침을 먹고 있을 때였다. 남편과 두 아이가 빵을 얼마나 먹을지 알지 못해 쨈을 넉넉하게 담았는데, 끝내 절반도 먹지 못하고 버리게 되었다. 평소 필요한 만큼 사용하고, 지나치게 넉넉한 것을 경계하는 남편이 보기엔 마음에 들지 않았던 모양이다. 남편이 한마디를 보탰다.

"나중에 조금 더 꺼내더라도 필요한 만큼만 담았으면 좋았을 텐데…."

어떻게 반응해야 할지 고민되었는데, 순간적으로 배운 것을 실천하기로 했다.

"음, 내가 잘못했네."

당황한 기색이 역력한 남편, 역시 남편도 배운 것을 잘 실천하는 사람이었다.

"내가 잘못했네…. 이렇게 지적하면 별로야, 그치?"

"아이들이 나를 키운다."

두 아이가 자라는 모습을 지켜보면서 수시로 떠올리는 말이다. 나는 초보 엄마였고, 경험이 부족해 실수가 잦았다. 책임지지 못하는 말을 내뱉거나 감정이 태도가 되어 두 아이에게 혼란을 심어 주기도 했다. 그래서 밤마다 혼자 반성문을 수십 장 써야 했다. 나는 반성문을 줄이고 싶었다. 나를 덜 괴롭히고 싶었다. 그래서 누구보다 노력했다. 조금이라도 나은 엄마, 아니 사람이 되어야겠다고 다짐하면서 말이다.

만약 내가 예전보다 조금이라도 더 나은 사람이 되었다면 그 공로를 두 아이에게 넘겨야 할 것 같다. 육아는 배움의 현장이었다. 매 순간 좋은 엄마, 좋은 사람에 대해 생각하게 했다. 조금 더 멋진 느낌표를 가질 수 있도록 페이스메이커가 되어 준 두 아이에게 고마움을 전한다.

엄마의 하루에는 유연함이 필요하다

언제부터인가 엄마가 '우리 딸 고맙다. 사랑해'라는 문자를 보내기 시작했다. 그런 엄마에게 '엄마 또 필요한 거 있으면 얘기해요'라고 답장을 보낸다. 얼마 전부터 엄마는 인터넷으로 구매할 물건이 생기면 부탁했고, 나는 때에 맞춰 잘 도착하도록 도와주고 있다. 고작해야 영양제 또는 건강식품 정도인데, 엄마는 답장하는 것을 잊지 않는다. 살아오는 동안 엄마에게 받은 것이 훨씬 많은데, 그 모든 기억을 까맣게 잊은 사람처럼 물건이 도착하자마자 문자를 보내 준다. 얼마 되지도 않는, 비싸지 않은 것이 대부분인데 누가 보면 엄청 비싼 명품 가방이라도 사 준 것으로 착각할 정도다.

예전에도 그랬지만, 문자를 받을 때마다 희한하게 더 미안해지는 요즘이다. 엄마의 딸로 지낼 때, 그러니까 엄마의 그늘에 있을 때는 미처 알지 못했던 것이 눈에 들어오기 때문이다. 그때는 고마운 게 무엇인지도 몰랐다. 내가 마주한 상황에 압도당했고, 내 감정이 제일 중요했다. 감정 섞인 말투에는 날카로운 가시가 가득했다. 모든 것은 당연했고, 권리라고 생각했다. 하지만 이런 생각이 두 아이를 키우면서부터 완전히 달라졌다. 정말 말 그대로 엄마가 되니 '엄마'가 보인다.

가끔 아이들이 무심한 듯 내뱉는 말과 행동으로 인해 속상할 때가 있다. 아무 뜻 없는, 순간적인 감정이나 행동이라는 것을 알지만 서운한 마음이 든다. 그런 날에는 '내가 굳이 이렇게까지 할 필요가 있을까?'라는 생각이 들기도 하지만, 그 마음은 얼마 가지 못한다. 어느 순간에 보면 아이들이 먹을 것, 입을 것을 걱정하고 있으니 말이다. 언젠가 아침에 일어나지 못하는 아이를 힘들게 깨웠는데 목소리에 짜증이 가득했고, 말투에 여기저기 가시가 돋아 있었다. 아무렇지 않은 척 학교에 보냈지만 온종일 속상한 마음이 떠나지 않았다. 그 날 저녁 아이가 들어오는 것을 확인한 뒤 얼굴도 보지 않고 잠자리에 들었다. 소심한 복수였다. 그러고는 다음 날, 아이가 다가와 '내가 기분 나쁘게 말해서 미안해…'라고 말을 건넬 때까지 아는 척도 하지 않았다. 진짜 속 좁은 엄마, 아니 속 좁은 사람이 되는 것은 순식간이다.

하지만 그랬던 마음도 잠시, 요즘은 그 장면 위로 과거의 여러 장면이 오버랩되면서 마음이 불투명한 상태다. 아이들에 대한 서운함도 오래가지 않고 일시적인 경우가 대부분이다. '그럴 수 있지'라고 물러서는 일도 많아졌다. 왜냐하면 과거에 한 걸음이 아니라 두 걸음, 세 걸음 물러났던 엄마가 떠오르기 때문이다. 그때마다 나도 모르게 중얼거리게 된다.

'나도 엄마한테 저랬겠지.'

'엄마의 시간을 먹고 자랐겠지.'

'엄마의 인생 위에 나의 시간이 흐른다는 것을 그때는
몰랐지.'

되돌리고 싶으세요?

"이 세상에 온 이유가 무언가를 배우기 위해서라고 생각해요. 마음공부가 제일 많이 되는 게 육아라고 하더라고요. 엄마만이 가능한 희생과 노력, 그런 사랑을 배워 보고 싶어요."

가수 이효리가 2세를 준비하고 있다는 소식을 기사에서 보았다. 그러면서 마음공부에 제일 많은 도움을 주는 것이 육아라는 말에 얼마나 공감했는지 모른다. 엄마가 된다는 것, 육아한다는 것은 마음공부가 아니라, 거의 훈련에 가깝다. 기본을 익히고, 어느 정도 수준에 다다를 때까지 정신적으로, 육체적으로 끊임없는 교육이 필요했다.

내가 가진 맨 밑바닥의 감정을 봐야 하는 일들이 생겨

났고, 마음의 잣대가 누구보다 이중적이라는 사실을 받아들여야 했다. 뜻대로 되는 것에 감사해야 할지, 뜻이 다른 것에 감사해야 할지, 기준이라는 것이 이렇게 흔들려도 되나 싶을 정도로 시야가 수시로 흐릿해지는 것을 감당해야 했다. 한 아이를 키우는 것이 아니라 한 사람을 키우는 일이라는 부담감에 용기 내어 한 걸음 나아갔다가, 서너 걸음 아니 다섯 걸음 물러서는 일이 빈번했다. 그런 측면에서 공부라는 표현보다는 훈련이 더 어울리는 것 같다. 그래서인지 나도 모르게 중얼거리는 말이 있다.

"내 인생은 어떻게 해 보겠는데, 엄마라는 것은 진짜 쉽지 않아."
"인생 전체를 통틀어 거의 완벽에 가까운 책임감이라는 단어를 매 순간 마주하는 기분이야."
"나를 되돌아보게 만들고, 멈추게 만들고, 나아가게

만드는 보이지 않는 힘의 원천 같기도 해."

"아이를 키우는 것을 대체할 경험이 세상에 또 있을까? 아무리 생각해도 없을 것 같아."

하지만 그렇다고 해도 '육아=희생'이라는 생각은 거부한다. 물론 매 순간 아이의 변화에 발을 맞춰야 하고, '끝'이라는 것이 없기는 하다. 어릴 때는 어릴 때의 상황과 감정과 대처 방법을 배워야 했고, 조금 자란 지금은 현재 상황에 어울리는 태도와 마음가짐을 익히기 위해 노력해야 한다. 여기에서 더 시간이 흐르면 그때는 그 시기에 어울리는 역할을 위해 방법을 찾아야 한다. 아이가 자라는 속도에 따라 필요한 것이 달라지듯, 제공하는 것도 달라져야 할 테니 말이다. 하지만 이런 모든 절차, 감정, 경험을 책임감 또는 희생과 동의어로 만들고 싶지 않다.

며칠 전 숙제를 제대로 하지 않은 둘째를 불러 큰 목소리로 혼을 냈다가, 잠시 후 다시 불러 조곤조곤 타일렀다. 열심히 노력했지만 성과가 나오지 않은 첫째를 위로하려고 몇 마디 건넸다가 공감 능력이 부족하다는 소리를 들었다. '인간은 노력하는 한 방황한다'라는 괴테의 말이 하루에도 몇 번씩 찾아온다. 제대로 된 설명조차 하기 어려운 상황과 감정이 수십 번 엄마라는 이름으로 찾아온다.

육아, 확실히 쉽지 않다. 공부 중에 최고 난이도, 훈련 중에 최고 수준이다. 하지만 그렇다고 해도 "되돌리고 싶으세요?"라고 묻는다면 나의 대답은 단연코 'NO'다. 힘들게 배우기는 했지만 두 아이를 키우면서 사랑, 따뜻함, 충만함을 배울 수 있었다. 나아가 내 인생을 정교하게 매만지게 되었다. 나는 그 사실을 잊지 않고 있다.

가족이 지니는 의미는
그냥 단순한 사람이 아니라
지켜봐주는 누군가가 거기 있다는 사실을
상대방에게 알려주는 거라네.

가족이 거기서 나를 지켜봐주고 있으리라는 것을
아는 것이 바로 '정신적인 안정감'이지.

가족말고는 그 무엇도 그걸 줄 수 없어.
돈도, 명예도.

미치 앨봄, 『모리와 함께 한 화요일』

Best를 버리니 Only가 보였다

part 3.

출판사를
한다는 것

출판사를 해 보고 싶어!

어느 해 겨울, 출판사에 대한 고민이 한창이었다. 당시 외부 출판사와 반기획 출판으로 책을 준비하고 있었는데, 일정이 매끄럽지 않았다. 거기에 저자 부담금도 금액이 정해져 있었는데, 변수가 생겼다는 이유로 그 외의 비용을 함께 부담하면 좋겠다고 했다. 불가피한 상황이 벌어진 것이겠지만, 전혀 예상하지 못했던 일이라 당혹스러웠다. 어떻게 얘기가 잘 마무리되어 해결했지만, 그때부터 고민이 깊어졌다.

'앞으로도 계속 이러면 어쩌지?'
'차라리 직접 출판사를 해 보면 어떨까?'

그동안 인쇄물이 생길 때마다 부탁했던 업체 사장님에게 속마음을 내보였더니 긍정적이지 않았다. 출판, 인쇄 시장이 죽었다는 것이 가장 큰 이유였다. 그에 더해 책을 한 권씩 낼 때마다 적자가 늘어날 거라는 걱정스러운 미래도 설명해 주었다. 어쩌면 출판사에 대한 로망 같은 게 있었는지도 모르겠다. 그러다 보니 꼼꼼하게 따져보기보다 '한번 해 보고 싶은데…'라는 마음을 자제하기 어려웠다.

하지만 두렵지 않은 것은 아니었다. 하나씩 배우면서 나아가겠다고 해도, 이쪽 업종에 대해 아는 게 없었다. 출판 시장이 죽었다는 말도 외면하기 어려웠다. 그러다가 지인을 통해 출판업에 종사하는 분을 알게 되었고, 그분에게 상황을 설명했다. 출판사를 운영해 보고 싶은 마음과 경험이 하나도 없는 것에 대한 두려움, 그렇지만 무엇이든 하나씩 배우면서 나아갈 거라는 각오를 말씀드렸다. 질문이 끝없이 이어지는데도 싫다는 내색 없이 대답해 주셨고, 궁금해할 것 같은 부분에 대해서는 미리 얘기해 주기도 하셨다. 인내심이 상당한 분이라는 생각을 하면서 나는 마지막 질문을 던졌다.

"진짜 출판사 해도 괜찮을까요?"

"10종을 낼 때까지만 버틸 수 있으면 괜찮을 거예요."

"10종이요?"

"그때까지만 버틸 수 있으면 그다음부터는⋯."

농담인지 진담인지 구분할 수 없는 얘기를 듣고 밤새한숨도 못 잤다. 10종이라는 숫자가 무섭게 느껴지면서도 묘하게 매력이 느껴졌다. 그러니까 어떻게든 10종까지만 버티면 된다는 얘기였으니까. 그때부터 10종을 낼 때까지 버텨 낼 수 있을까에 대한 생각만 했다. 원고를 어디에서 구할 것인지, 출간 비용은 어느 정도 될 것인지에 대한 고민은 나중으로 미뤘다. 돌이켜 생각해 보면 '하고 싶다'가 아니라 '할 수 있다'라는 자신감이 어느 때보다 필요한 시절이었다.

다행이라면 다행이라고 생각한다. 나는 머릿속이 복잡해지면, 감정적으로 정리가 안 되면 일부러 몸을 움직인다. 출판사에 관한 것도 비슷했다. '하고 싶다'에서 '할 수 있다'를 지나 '어떻게 하면 되지?'로 무게 중심이 이동했고, 인터넷을 검색해 대구출판산업지원센터에서 진행하는 강의를 찾아냈다. 물론 순서가 바뀌기는 했다. 출판사를 먼저 창업한 이후에 출판센터에서 진행하는 인디자인, 콘텐츠 기획, 마케팅 과정에 참여했으니 말이다.

전체적으로 보면 완벽하게 준비하고 시작했다기보다는 책을 하나씩 출간하면서 현장에서 익히는 방식이었다. 치밀하지 않은 준비에 대해 외부에서 평가한다면 '역부족' 또는 '무모함'이라는 성적서를 받을 수도 있다. 직관적으로, 마음이 이끄는 대로 했다고 대답했다가는 지나치게 감정적인 성격의 소유자라는 평가를 피하기 어려울 것 같다. 하지만 그럼에도 불구하고, 나는 좋은 선택을 했다고 믿고 싶다. KTX처럼 빠른 속도를 자랑하지는 못하지만, 대단한 베스트셀러를 탄생시키지는 못했지만, 적어도 뒤로는 가지 않고 있으니 말이다. 방향만큼이나 속도가 중요하다면, 적어도 최소 속도는 지켜 내고 있다고 생각한다.

내가 다 하면 좋겠지만

대학을 졸업할 때 정보처리산업기사 자격증을 취득했다. 거기에 기본적으로 한글과 엑셀을 다룰 줄 알고 파워포인트도 다룰 수 있다. 그래서 컴퓨터에 대해서는 두려움이 없는 편이다. 하지만 인디자인은 한 번도 다루지 않았던 프로그램이다. 디자인 관련 프로그램에 약간 호기심이 생겨 강의나 유튜브를 찾아본 적은 있지만, 꼭 배움이 필요하지 않았던 터라 금세 그만두었다.

하지만 출판사를 하려고 하니 '인디자인'에 대한 지식이 필요했다. 책은 인디자인이라는 프로그램으로 내지(본문)를 디자인하는데, 어떻게 돌아가는지 아는 부분이 하나도 없었다. 그래서 출판산업센터에서 진행하는 디자인 강의를 신청했다. 특히 디자인 제작비가 부담되어 대표가 직접 인디자인을 배워 활용한다는 얘기를 여러 번 들었던 터라, 그 연장선에서라도 반드시 배워야 했다. 그나마 다행이라고 해야 할까. 컴퓨터를 전혀 다룰 줄 모르면 어렵겠지만, 어느 정도 기본적인 것은 알고 있어 따라가는 데 무리가 없었다. 교육은 실질적이었고, 성공적이었다. 인디자인 프로그램에서 반드시 알아야 할 것과 순서를 배우고, 나중에 직접 디자인한 책을 선물까지 받았으니 말이다.

그런데 예상하지 못한 문제가 생겼다. 손에 익숙지 않고, 스킬도 부족하다 보니 시간이 많이 걸렸다. 그야말로 생산성이 너무 떨어졌다. 글 쓰는 시간을 포기해야 했고, 다른 일을 중단해야 했다. 일의 속도가 떨어졌고, 강의실에서 발견하지 못한 문제가 생겼으며, 그때마다 누군가를 귀찮게 하는 일이 벌어졌다. '알게 되었다는 것'과 '직접 하는 것'은 완전히 다른 차원의 일이었다. 자체적으로 진행하면 단계를 줄이고 비용을 줄

이니 일석이조라고 생각했지만, 눈에 보이지 않는 손실 비용을 예측하지 못했다.

다른 방법을 찾아야 했다. 내부 편집디자이너를 구하든지, 아니면 깊이 고민하지 말고, 외부에 디자인 제작 의뢰를 맡겨야 했다. 어느 것이든 단계가 늘어나고 비용이 발생하는 부분이라 결정이 쉽지 않았다. 하지만 기한을 정해 놓고 하는 일인 만큼 무한정 시기를 늦출 수는 없었다. 그래서 실질적으로 산출해 낼 수 있는 자료는 없었지만, '그럴 것 같아'라는 느낌을 믿어 보기로 했다. 그러면서 기준을 세웠다. 1년에 6~7권의 책을 출간할 정도가 되면 편집디자이너를 구해 함께 일을 해 보기로. 그전까지는 외부에 제작을 맡겨 높은 비용을 감당하더라도 시간을 되살리기로.

인쇄와 관련해서도 비슷한 방식으로 진행하고 있다. 경

력이 많고 믿음이 가는 대표님에게 상황을 설명하고, 도움을 받으면 좋겠다는 마음을 전달했다. 다행히 흔쾌히 승낙해 주셨고, 지금까지 그 인연을 이어 오고 있다. 언젠가 조금 규모가 큰 회사의 CEO가 내게 그런 말을 해 주었다. 사업하는 동안, 내 힘으로 모두 하겠다고 덤벼서는 안 된다고. 내가 할 수 있는 게 있다면 내가 할 수 없는 것도 생겨나는데, 그때는 나보다 더 잘하는 사람에게 도움을 받아야 한다고.

아주 오래전에 들은 말이라 그때는 의미를 파악하는 것도 힘들었는데, 요즘은 피부로 실감한다.

출판사를 해 보고 싶다고요?

"작가님, 저도 출판사를 해 보고 싶어요."

"네, 하시면 됩니다!"

"진짜요?"

"그럼요!"

"진짜, 진짜요?"

"그럼요. 진짜, 진짜입니다."

몇 권의 책을 완성하고, 주변 사람과 함께 책을 내는 과정을 진행하면서 자연스럽게 출판사로 시선이 향했다. 그 마음을 누구보다 잘 알기에 출판사를 해 보고 싶다고 얘기하면 보통 '할 수 있다'라는 쪽으로 얘기하는 편이다. 왜냐하면 대부분 그냥 툭 던져 보는 경우가 많기 때문이다.

하지만 진지함이 필요한 경우도 있다. 출판사를 시작하기 위해 직장을 그만둘 계획이거나 창업 준비를 서두르는 경우인데, 이때는 분위기가 조금 달라진다. "10종을 낼 수 있을 때까지 버틸 수 있으면 시작하세요"라는 말과 함께 여러 가지 생각으로 밤잠 설치며 고민했던 과거의 기억이 떠오르기 때문이다. 그러면 그때부터는 나도 모르게 보수적인 사람이 된다. 진지한 떨림에 대해서는 진지한 울림으로 마중 나간다.

왜 출판사를 하려고 하는지, 어떤 책을 내고 싶은지, 출판사 업무 중에서 잘할 수 있는 영역은 무엇인지, 원고 또는 저자가 준비되어 있는지, 자본금은 어느 정도인지, 세무 지식은 있는지, 컴퓨터를 다루는 데 어려움은 없는지까지 실무와 관련해 현실적인 질문을 던진다. 그러면서 적어도 이런 질문에 대한 대답을 스스로 마련할 수 있을 때 시작해도 늦지 않다고 말해 준다.

이쯤 되면 질문한 사람도 생각이 많아지고, 대답하는 사람도 심각해진다. 그래서 어떤 날에는 나도 모르게 미안한 마음이 들기도 한다. 하지만 인생을 걸겠다고 얘기하는데, 가벼운 농담만 주고받을 수는 없는 일이다. 그러나 단 한 가지, '노력하면 된다'라는 말도 빠뜨리지 않는다. 배움이 부족하고 경험이 없다고 해도 성실하게 배워 나가는 사람이 목표를 이룰 수 있다고 얘기해 준다. 왜냐하면, 진실이기 때문이다. 출판사의 '출'도 모르던 사람이 지금 출판사 생활에 관해 말하고 있으니 말이다.

시작할 때의 수준이 최고가 아니어도 괜찮다. 최저라 해도 괜찮다. 하지만 적어도 노력에서만큼은 최고가 되겠다고 마음먹으면 좋겠다. 그 마음만 지켜 낼 수 있다면 승리할 수 있을 거라고 믿는다.

기획자가 되다

작가가 나의 서랍을 열어 여러 소재 중에서 마음에 드는 것을 꺼내 말을 거는 행위를 하는 사람이라면, 기획자는 조금 다르다. 기획자의 관심은 나의 서랍이 아닌 누군가의 서랍이며, 나의 소재가 아닌 누군가의 소재를 필요로 한다. 그 소재는 어떤 날에는 지하실에 있고, 어느 날에는 햇볕이 잘 드는 방에 있는데, 그것을 발굴하고 드러내는 것이 기획자의 일이다.

작가 생활을 하면서도 기획자의 시선이 필요했지만, 출판사를 하니 그 역량이 더 중요해진다. 자기 자신의 문제를 해결하기 위한 시도, 누군가의 불안을 어루만져 주기 위한 시도, 미스터리하게 여겨지는 것에 대한 나름의 제안을 담은 시도를 다양한 관점에서 발견하려고 노력해야 한다. 기획자 관점에서 저자와 미팅하다 보면 자주 듣는 얘기가 있다.

"해 오던 일은 계속하던 거라서 어렵지 않은데, 책으로 쓰려니 어려워요. 어디서부터 어떻게 시작해야 할지 모르겠어요."

누구나 자기의 삶, 인생, 방향에 대해 몸으로 말하기는 쉽지만, 왜 그런 행동을 하는지 의식적인 절차를 거쳐 설명하는 작업은 쉽지 않다. 특히 평소 글을 쓰거나 책을 쓴 경험이 없는 사람은 두려움마저 느낀다. 일상을 살아가는 데는 자신 있지만, 콘셉트를 정하고, 이야기를 풀어내야 한다고 얘기하면 걱정 가득한 얼굴이 된다. 엄두도 나지 않을 뿐 아니라 그럴 만큼 대단한 일이 아니라는 생각 때문이다. 그러면 나는 햇볕이 잘 드는 곳으로 자리를 옮겨 붓질하듯 조심스럽게 서랍을 매만진다.

"어떻게 이 일을 시작하게 되었어요?"

"어떤 마음이 여기까지 오도록 도와준 것 같아요?"

"포기하고 싶을 때도 있었을 텐데, 언제 그랬나요?"

"누가 그 순간을 붙잡아 주었어요?"

"지금의 일, 선택을 후회한 적은 없나요?"

"여기에서 더 해 보고 싶은 게 있나요?"

질문을 던지고, 질문에 대답하는 시간을 한참 이어 가다 보면 앞에 앉은 저자의 얼굴이 조금씩 밝아지는 게 보인다. 그러면서 스스로 다음 서랍을 열어젖히는 모습을 목격하게 된다.

"내 경험이 누군가에게 도움이 되면 좋겠다는 생각을 하기는 했어요."

저자의 서랍에 있던 것이 '우리의 서랍'으로 태어나는

순간이다. 사실 이럴 때 기획자로서 보람을 가장 많이 느낀다. 생각이 형태를 만들어 냈다는 느낌과 더불어 지금처럼 나아가면 되겠다는 자신감이 생긴다.

아직 초보 기획자라서 갈 길이 멀지만, 이 마음만 지켜 나간다면 어느 시점에는 역량 있는 기획자가 되어 있지 않을까?

사업을 한다는 것

눈앞에서 '물난리'를 목격하기는 처음이었다. 속수무책이라는 말밖에는 나오지 않았다. 새벽에 건물 위층에 누수가 발생했고, 밸브를 잠갔다고 하지만 이미 층간 사이에 고인 물은 어떻게 할 수 없었다. 그저 물이 아래로 흘러내린 다음 완전히 마르기를 기다려야 했다. 물이 모두 빠져나가는 것도, 젖은 부분이 마른 상태가 되는 것도 내가 어떻게 할 수 있는 게 아니었다. 그러니까 몸으로 해결하는 게 아니라 마음을 잘 관리하며 상황이 좋아지기를 기다려야 했다.

하지만 마음은 급했다. 물에 젖은 것들을 분리하고, 더는 추가 손실이 발생하지 않게 하는 것이 중요했다. 무엇보다도 물에 젖은 책들이 가장 큰 문제였다. 그러나 불행 중 다행이라고 해야 할까. 책 대부분은 다른 창고에 보관하고 있던 터라 사태가 더 심각하게 번지지 않았다. 최소한 1만 권, 그 이상 되는 책이 물에 젖었다고 생각하면 머릿속이 아찔하다. 그 상황에서도 마음을 평온하게 유지하고, 리더십을 운운할 수 있었을까. 결코 쉽지 않을 것 같다.

완전히 젖은 책은 폐기 처분하고, 중고로 판매할 수 있는 책은 최저가로 판매한다고 인터넷에 올렸다. 그리고 나머지 책은 물이 떨어지지 않는 쪽으로 옮기고 비닐을 덮었다. 왜냐하면 천장에서 계속 물이 떨어지고 있었기 때문이다. 물이 떨어지지 않고 완전히 멈추기까지 일주일이 걸렸다. 그런 다음 모든 문을 열고 바람길을 만들어 벽지가 마르기를 기다렸다. 그 기간까지 합치면 2주 이상 걸렸는데, '정신을 쏙 빼놓았다'라는 표현이 이럴 때 쓰는구나 싶었다.

출판사를 운영하면서 기업을 이끌어 간다는 것이 어떤 의미인지 조금씩 알아가는 중이다. 크든 작든 출판사도 엄연한 기업이다. 수익을 내어 업종을 유지할 수 있도록 노력해야 한다. 내부적으로 외부적으로 갑작스레 생긴 문제에는 빠르게 대응해야 한다. 문제가 생겼을 때 발을 동동거리며 알아 달라고 소리치는 것은 의미 없는 일이었다. 그보다 상황을 정확하게 파악하고 어떤 행동을 하는 것이 더 유리한지 판단해 행동으로 옮기는 것이 훨씬 현명한 선택이었다. 이번에 그 한 가지는 확실하게 배운 것 같다.

살다 보면 한 번은 터지겠지

살면서 피해야 하는 일은 우물 안 개구리가 아니라

우물 안에서 '불행하게' 사는 거다.

우물 안에서 행복하게 살면 된다.

우물 안이 행복하지 않으면 나와서 행복하게 살면 된다.

개구리인 게 싫으면 개구리 안 하면 된다.

근데 사실 태어난 걸 바꾸는 일은 쉽지 않다.

그렇다면 내가 할 수 없는 일은 빨리 받아들이고

앞으로 나아가는 게 정신 건강에도 좋고

행복해지는 지름길이다.

행복은 나로부터 시작된다.

개구리가 어때서?

– 김은주, 『생각이 너무 많은 서른 살에게』 중에서

그녀가 이룩한 것을 읽어 내려가는 동안 괜히 주눅이 들었다. 아무렇지도 않은 것처럼 써 내려갔지만, 아무렇지도 않게 읽기 어려웠다. 그녀가 겪었다는 조마조마한 마음, 초보자의 실수, 성공과 위기에 관한 스토리에 공감하면서도 따라잡을 수 없는 격차를 느꼈다. 큰 꿈을 향해 달려간 그녀, 이루어 낼 수 없을 것 같은 성과를 달성한 그녀와 나 사이에 보이지 않는 벽이 가로막고 있다는 느낌이었다. 그러면서 생각했다.

『생각이 너무 많은 서른 살에게』는 누가 읽느냐에 따라 완전히 다른 느낌을 얻겠구나. 어려운 상황을 돌파할 힘을 얻는 사람이 생길 수도 있겠지만, 자신의 상황과 성과를 비교하며 우울감에 빠질 확률도 있어 보였기 때문이다. 책을 읽을 때 균형 감각이 필요한 책이 있는데, 『생각이 너무 많은 서른 살에게』가 그랬다.

출판업에 종사하는 분들 사이에 "잘 팔릴 책 한 권만 터지면 된다"라는 말이 있다. 다시 말해, 출판사를 먹여 살릴 책이 한 권 터지면 그때부터는 출판사에 꽃이 핀다고 얘기한다. 수익에 숨통이 생기고, 더불어 다양한 기회가 생겨난다는 점에서다. 너무 당연한 소리를 한다고 얘기하겠지만, 이게 정말 쉽지 않다. 연말이 되어 일 년 동안 판매된 책을 정산할 때면 고민에 빠지는 날이 많다.

'품절해야 하지 않을까?'
'절판하는 게 낫지 않을까?'
'이런 수량이면 족히 5년은 걸리겠는걸.'

기획이든 반기획이든 준비하는 신간과 상관없이 재고에 대한 부담이 크다. 재고가 있다는 것은 보관비와 관리비가 발생한다는 의미이고, 책이 판매되지 않으면 아예 대상에서 제외하는 것이 출판사로서는 살아남는 길이기 때문이다. 초기에 들어간 제작비조차 나오지 않는 책도 있고, 어쩌다가 한 번씩 출고되는 책은 그야말로 적자다. 그러다 보면 생각이 조금 더 깊이 들어간 날에는 출판사 운영 방식에 대한 의구심마저 생겨난다. 작은 출판사, 1인 출판사가 하루에도 몇 개씩 생겨나고, 대형 출판사의 위상은 갈수록 높아지는데 버틸 수 있을까? 초기 2~3년은 더 그랬던 것 같다.

그날은 딱히 고통스럽다거나 힘든 날은 아니었다. 다만 무언가 원하는 것이 성사되지 않아 마음이 조금 속상하기는 했다. 초연한 마음으로 평정심을 유지하기 어려운 상태에서 본능적으로 책을 붙잡았다. 예전에 독서 모임을 하면서 읽었던 『생각이 너무 많은 서른 살에게』였다.

"운은 결국 내가 던진 공이 돌아온 것이고, 돌아온 공을 방망이로 쳤을 때 만루 홈런이 터지는 것이다. 두 번째 공을 던질 때가 첫 번째 공을 던질 때보다 덜 무섭다. 세 번째 공을 던질 때는 두 번째 공을 던질 때보다 덜 무섭다. 기회는 내가 만드는 거다. '뭐 하나만 맞아라' 정신이면 된다."

이유는 모르겠지만, 저 페이지를 읽다가 갑자기 자리에서 벌떡 일어섰던 기억이 난다. 그러고는 혼자 큰 목소리로 중얼거렸다.

'그래, 뭐 하나만 맞아라.'
'아니, 뭐 하나는 맞겠지.'

노력에서만큼은 최고

책의 내용만큼이나 중요한 것이 디자인이다. 표지와 내지 분위기에 따라 책이 완전히 다른 느낌을 준다. 원고가 완성되면 출판사에서는 편집디자인 작업에 들어간다. 그 이전부터 디자인에 관해 고민하지만, 본격적인 시작은 그때부터다. 표지와 내지 디자인 작업이 들어가고, 표지 시안이 서너 개 정도 나온다. 각기 다른 목적을 두고 디자인한 시안을 두고 하나씩 방향을 좁혀 나간다. 경우에 따라 본질에 충실한 쪽으로 결정이 나거나, 아니면 실험 정신이 발휘된 디자인이 선택되기도 한다.

예전에 작가 생활을 할 때는 잘 몰랐다. 표지에 이렇게 많은 공을 들이는지, 마무리 단계에 가서 완전히 다시 작업하는 이유를 알지 못했다. 하지만 편집자가 되고 보니 그 이유를 알겠다. 원고도 원고지만, 표지의 역할이 절대적이다. 표지에서 원고의 생명이 좌지우지되는 것을 인정해야 했다. 예전에는 단순히 표지 디자인하면 '예쁘게'라고만 생각했던 것 같다. 단독적인 하나의 작품으로 이해한 까닭에 '예쁘게' 혹은 '멋지게' 같은 형용사만 머릿속에서 그려 냈다. 하지만 지금은 전혀 다른 시각과 관점을 가지게 되었다. 표지는 단순히 '표지'가 아니다. 원고와 저자와 출판사, 나아가 독자의 마음을 유기적으로 연결하는 또 하나의 작품이다.

내지 디자인의 경우 특별한 순서나 기준 같은 것은 없어 보인다. 원고를 열심히 읽고, 또 읽으면서 어떻게 메시지를 전달하면 좋을지를 감각적으로 알아차리는 수밖에 없다. 결국은 콘텐츠라는 말처럼, 원고를 잘 살리는 방향에서 어떤 부분을 강조하면 좋을지, 어떤 부분에서 힘을 빼면 좋을지를 수정하고 보완해 나간다. 그

러니까 원고의 완성도를 극대화시키는 것, 그게 디자인
이다.

이처럼 원고 작성하기와 디자인 작업에는 차이가 존재
한다. 그런데 딱 한 가지 똑같은 것이 있다. 바로 마무
리하고 나면 그때는 깔끔하게 "bye"를 외친다는 점이
다. 사실 원고를 넘기고 나면 속이 시원하면서도 뭔가
아쉬운 느낌이 남는다. 그럴 때면 혼자 속으로 했던 말
이 있다. 그런데 그 말이 표지와 내지 디자인을 최종 수
정해 인쇄소에 넘길 때도 똑같이 터져 나왔다.

"이번에는 여기까지야. 여기가 최선이었어."

생각을 담다, 마음을 담다

출판사를 운영하면서 다양한 사람을 만나고 있다. 삶에 대해 노래하는 사람, 삶이 고통이라고 얘기하는 사람, 살아가면서 삶을 배운다는 사람, 삶이 곧 가족이라고 말하는 사람까지. 개성이 살아 있고, 고유하며 개인적인 삶을 포기하지 않은 모습이다. 그들에게는 공통점이 있는데, 누구라고 할 것 없이 자기 인생을 이해하기 위해 노력을 아끼지 않는다는 사실이다.

출판사를 찾는 분들은 적극적인 분이 많다. 책을 쓰겠다는 마음으로 달려온 시간이 당당함을 만들어 낸 것이다. 기질에 따라 차이 나는 경우도 있지만, 지금까지의 경험으로는 그렇다. 어떤 경우에는 말하기보다 듣기에 더 많은 시간을 쏟고, 누군가의 이야기에 호기심과 관심을 보이는 분도 있다. 맥락 없어 보이는 얘기에서도 핵심을 짚어 내고, 아무렇지도 않게 툭 던지는 말에서 깨달음을 주고받기도 한다. 그럴 때면 어느 구석에서도 지루함이 발견되지 않아 함께하는 마음도 즐거워진다.

어렵다면 어렵게, 쉽다면 쉽게 출판사의 문을 열고 나면 그때부터는 많은 부분에서 편안해진다. 출간 일정과 업무적인 이야기는 물론이고, 세상 이치를 모두 알아낸 것 사람들처럼 마음을 나눈다. 인생에 대한 고민을 해결하기도 하고, 미처 깨닫지 못했던 문제를 발견하기도 하면서 말이다. 그렇게 '저자와 편집자'에서 '우리'가 된다. 서로가 서로에게 보이지 않는 영향력을 발휘하며.

처음에 출판사 이름을 정할 때 고민이 많았다. 단순히 '내 느낌에 이게 좋아'라고 결정할 수도 없었고, 옆에서 '이게 좋은 것 같은데?'라고 해서 따라갈 수도 없었다.

출판사에 대해 알아볼 때 들었던 강의나 만났던 사람은 하나같이 출판사 이름을 잘 지어야 한다고 했다. 시적인 표현으로 만들어 봤다가, 도무지 그림이 그려지지 않는다는 말에 그대로 노트를 덮기도 했다.

'어떤 이름이 좋을까?'
'어떻게 하면 내 마음을 담을 수 있을까?'
'담는다고? 뭘 담을 건데?'
'마음도 담고, 생각도 담고….'

도서출판 담다

전혀 극적이지 않게 출판사 이름이 완성되는 순간이었다. 뭔가 '이거 진짜 멋지다!' 혹은 '어떻게 이런 이름이?' 같은 감탄사가 나왔으면 좋으련만 뭔가 심심했다. 그래서 처음에는 곧바로 결정하지 못했다. 하지만 이후로도 다른 이름과 함께 계속 곱씹고 또 곱씹었다. 신기한 건 곱씹으면 곱씹을수록 맛있는 냄새가 났다는 점이다. 게다가 다른 사람에게 얘기했을 때 '이건 영 아닌데'라는 표정도 아니었다.

하지만 무엇보다 뭔가 그럴듯하게 포장할 필요가 없어 보였다는 점이 이 이름을 선택하는 데 결정적인 역할을 한 것 같다.

인생은 마라톤이다.

우리는 언제든지 이길 수 있다.

우리는 언제든지 질 수 있다.

박웅현, 『여덟 단어』

Best를 버리니 Only가 보였다

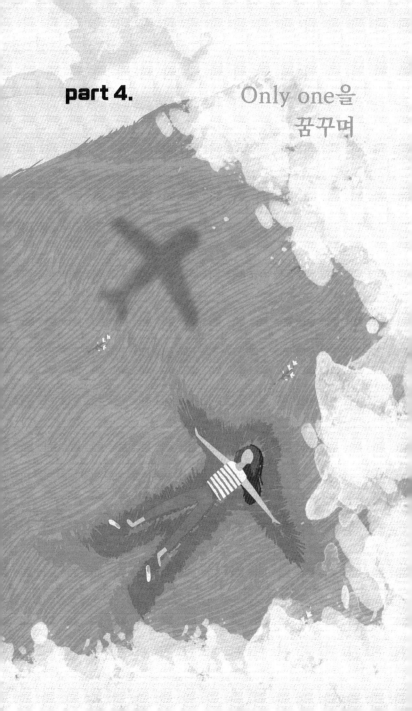

part 4.

Only one을
꿈꾸며

열등감을 내려놓는 데 걸린 시간

세상의 많은 아버지처럼 우리 아버지 역시 '의지의 한 국인'이다. 아는 사람이 한 명도 없는 울산에 와서 오로지 자신의 힘으로 성과라는 것을 하나씩 하나씩 거두었다. 예전에는 직원 60명을 거느린 회사의 대표였지만, 지금은 작은 회사에서 개인 시간을 활용해 일하고 계신다. 골프를 좋아해 한 달에 두어 번 골프장을 찾으시는 것이 아버지의 유일한 취미 활동이다. 거기에 손주, 손녀와 통화하는 것을 가장 큰 기쁨으로 여기신다. 어릴 때는 자주 통화하던 아이들이 이제는 조금씩 뜸해지고 있다는 것을 눈치채신 걸까. 통화 버튼을 누르려는 손가락이 조심스러운 눈치다.

'누군가를 온전히 이해하는 것이 가능할까?'

정답은 없겠지만, 나는 온전히 이해한다는 것은 불가능하다고 생각한다. 이해의 폭을 넓혀 나갈 뿐이지, 이해했다고 말하는 순간 이해할 일을 하나 더 만드는 것이라고 생각하기 때문이다. 나는 유난히 아버지가 어려웠다. 어릴 때부터 그랬다. 내 삶에 대한 이해가 생겨나고, 아버지를 부모가 아니라 하나의 존재로 인식하게 되면서 편안한 시각을 가지게 되었지만, 예전에는 그렇지 않았다. 평생 이해할 수 없는 대상이 있다면 바로 아버지가 아닐까 단정했던 기억이 난다.

맏딸, 장녀에게 거는 부모님의 기대가 대부분 그렇겠지만, 우리 집도 예외가 아니었다. 아버지는 대입을 앞두고 집안에 문제가 생겨 군대에 가야 했다. 제대한 후에는 공부만 했지, 가진 기술이 없었다. 그러던 차에 현대자동차에 입사했다. 그때부터 타고난 성실과 끈기를 발휘하신 것 같다. 입사하고 일 년 정도 되었을 때 사장

상을 받을 정도였으니 말이다. 그런 아버지였지만, 계속 이어 나가지 못한 공부에 대한 미련과 그로 인해 놓쳐 버린 기회가 계속 마음을 괴롭혔다.

'그때 대학에 갈 수 있었더라면…'
'계속 공부할 수 있는 상황이 되었더라면…'
'내 자식들은 공부를 계속할 수 있게 해야지…'
'좋은 대학에 가서 나보다 더 잘 살게 해 줘야지…'

아쉬움과 다짐은 아버지의 꿈이 되었다. 아버지는 희망을 품었다. 나에게, 우리 형제들에게. 아버지는 누구보다 성실하게 일했고, 지금의 노력이 번듯한 미래와 좋은 대학으로 연결된다고 굳게 믿었다.

아버지의 기대에 부응하는 사람이 되었다면 가장 완벽한데, 그러지 못했다. 지금 생각해 보면 엄청난 슬픔이며 고통이 아니었을까 싶다. 특히 아버지에게는. 어려운 살림 형편에도 공부에 도움이 되는 전자 제품과 가구를 아낌없이 쏟아부었고, 금전적인 지원도 아끼지 않았으며, 밤 12시에 교문 앞에서 나를 기다렸다. 당신의 못 이룬 꿈을 위해, 당신의 희망이 지켜지기를 바라며, 당신보다 더 나은 삶을 살아가길 바라셨다.

하지만 나의 시간은 아버지와 반대로 흘렀다. 목표나 꿈을 세우고, 내 인생을 향해 힘차게 나아가야 한다는 생각이 들지 않았다. 색채든, 형태든, 자유로움을 추구했다. 어디로 튈지 모르는 탁구공처럼 여러 방향으로 눈길이 돌아갔고, 공부를 강요하는 집안 분위기에 숨이 막혔다. 오히려 학교가 편안했다. 누구에게 피해를 주지 않으면, 이미 성적에 기가 꺾였다는 것만 들통나지 않으면 견딜 만했다. 그렇게 나는 열등감 덩어리가 되었다. 당연히 열등감 속에 '나'라는 존재는 없었다.

열등감은 좀처럼 떨어질 생각을 하지 않았다. 기본값을 변경하는 것은 어려운 일이었다. 오히려 시간이 흐를수록 관념적인 사람이 되어 기본값은 탄탄해졌고 합리화의 도구가 되었다. 이십 년을 훌쩍 넘기는 시간 동안 그런 방식으로 살아왔다. 나의 영역이라는 것은 없었다. 외적인 성과도 내적 동기를 이끌어 내지 못했다. 새로운 사람이 되겠다는 결심은 오래가지 못했고, 결의를 다지는 일에 만족하는 경우가 대부분이었다.

그래도 운이 좋았다고 생각한다. 책을 내 삶에서 분리시키지는 않았으니 말이다. 학구열이 높았던 부모님 덕분에 어릴 때 우리 집에는 '고전문학 100권'이 있었다. 모서리가 너덜너덜해질 때까지 책을 읽었던 기억이 난다. 성적으로 연결되지는 않았지만 말이다. 하지만 뒷심을 발휘했는지, 스물 중반이 되면서부터 책에 다시 손이 가기 시작했다. 눈에 잡히는 책은 모조리 읽었다.

무엇보다 열등감을 파괴하고 싶다는 욕구가 강했다. 나도 괜찮은 사람이라는 느낌을 되찾고 싶었다. 그래야 살아갈 수 있을 것 같았다. 지금도 늦지 않았다는 메시지를 발견하고 싶은 마음도 컸다. 어떤 날에는 그냥 울면 이상하니까 공개적으로 엉엉 울고 싶어 책을 찾기도 했다. 그 시절 무슨 책을 얼마나 읽었는지는 모르겠다.

겉멋이 들어 권수를 자랑하던 시절이라 제대로 읽었다고 말하기도 부끄럽다. 하여간 그렇게 과거와 현재, 미래를 오가며 페이지를 넘겼다. 그런 순간도 노력이었을까. 어느 순간부터 내 입에서 예전과 다른 언어가 나오기 시작했다. 존재만으로도 이미 소중하다는, 친근함이 가득한 목소리였다. 그렇게 나는 열려 있는 줄도 몰랐던 다른 문을 발견했다.

열등감을 존재감으로 갈아입는 데 제법 긴 시간이 걸

렸다. 제대로 알아내기 위해서는 꼭 필요한 시간이었는지도 모르겠다. 오십을 눈앞에 둔 요즘도 존재에 대해 고민하고 사색하기를 즐긴다. 상상력에도 제대로 시동이 걸렸는지 조용한 혁신이 일상 곳곳에서 발견되고 있다. 덕분에 아버지가 꿈꿨던 희망에 대해서도 새롭게 정립할 수 있었고, 이제 그 고마움은 하늘까지 닿아 있다.

하지만 이것만큼은 분명하게 밝혀야 할 것 같다. 아버지의 희망이 나의 희망이 될 수는 없다. 아버지는 아버지의 삶, 나는 나의 삶을 살아야 했고, 앞으로도 그렇게 살아가야 한다. 왜냐하면, 우리는 부모와 자식 이전에 각각의 개별적인 존재이니까 말이다.

어디에서든 배울 수 있다

"나이팅게일이 말한 마법의 말은 바로 '태도'다. 이 강연을 여러 번 반복해서 들으며 태도가 무엇인지 깨달았고, 나의 태도는 어떤지 알게 되었다. 알고 보니 나는 내가 누구인지, 내가 무엇을 할 수 있는지에 대해 나쁜 태도를 보이고 있었다. 먼저 태도가 무엇인지부터 알아야 했고 그다음에 이것을 어떻게 바꿔야 하는지 깨달아야 했다. 나는 태도를 공부했고 내 태도가 만들어지는 방식을 바꿨다. 내 태도는 다른 누군가가 반복을 통해 만들어 준 것이었다."

밥 프록터의 『부의 확신』에 나오는 문장이다. 책을 읽는 동안 '마법의 말=태도'라는 명제가 머릿속에서 떠나지 않았다. 그러면서 나의 태도를 시작으로 가족, 친구, 아이들에게까지 시선이 확장되었다. 아무래도 '내 태도는 다른 누군가가 반복을 통해 만들어 준 것이다'라는 문장 때문인 것 같은데, 그 부분에서 『어린 왕자』의 한 대목이 떠올랐다. 여우는 어린 왕자에게 말한다. "네가 길들인 것에는 책임이 따른다"라고. 여우의 말에 어린 왕자는 오랜 시간을 함께 보낸 장미를 떠올렸고, 그 마음을 알기 위해 노력하지 않은 것을 후회하며 그리움을 드러낸다.

어린 왕자 때문인지, 길들인다는 개념 때문인지, 책임의 무게 때문인지, 다른 누군가가 반복을 통해 만들어줬다는 문장 때문인지, 하여간 그 글에 한창 마음을 빼앗겼을 때였다. 집에 차곡차곡 쌓은 재활용품이 상당했다. 비가 와서 미뤘고, 바쁘다는 이유로 여유 있는 시간을 기다리며 달력만 계속 넘기고 있었다. 하지만 그날은 암만 봐도 이건 아니다 싶었다.

음식물 쓰레기통과 재활용품을 양손 가득 챙겨 들고 쓰레기 수거장으로 내려왔다. 천천히 해도 시간이 충분하다는 생각에 먼저 음식물을 비우러 갔다. 그런 다음 종이를 모아 두는 자루 앞으로 종이 박스를 옮겼다. 그때였다. 인기척에 뒤를 돌아보니 초등학교 5학년쯤 되었을까, 한 아이가 엄마 뒤에서 종이 박스를 가져오고 있었다. 박스는 아이의 몸보다 조금 더 커 보였고, 엄마는 문자를 주고받는지 휴대전화를 보면서 앞서 걷고 있었다. 아이는 크게 상관하지 않는 듯, 내 곁에 박스를 밀어 두고는 아무렇지도 않게 엄마를 따라 걸음을 옮겼다.

만약 곧바로 자리를 옮겼다면 상황은 그대로 종료되었을 것이다. '그런가 보다'라며 금세 잊었을 것이다. 하지만 예상하지 못한 일이 벌어졌다. 잠시 후 조금 전의 그 아이와 키도 덩치도 비슷해 보이는 여자아이가 다가왔다. 양손에는 구겨진 A4 박스를 하나씩 들고 있었는데, 갑자기 놀이라도 하는 것처럼 자루를 향해 박스를 날렸다. 골인. 뒤이어 보낸 것도 골인. 갑자기 아이는 자루 근처에 떨어진 종이를 하나씩 집어 들더니 자루를 향해 던져 넣기 시작했다. 그러다가 조금 전의 아이가 두고 간 박스를 발견하고는 종이 위에 올라가 모서리 여기저기를 발로 꾹꾹 누르기 시작했다. 그러고는 몇 발짝 걸음을 뒤로 옮기더니, 그대로 '슛'.

아주 잠깐 허공에 떠 있는 종이 박스를 바라보는데, '마법의 말=태도'라는 글자가 보이는 것 같았다. 틀림이 아니라 다름이겠지만, 다름이 매력으로 연결될 수 있음을 직관적으로 확인하는 순간이었다.

결코, 두 아이를 비교할 생각은 없다. 다만 두 아이의 모습을 바라보면서 느꼈던 나의 감정을 정리해 보려는 것뿐이다.

태도는 하루아침에 만들어지지 않는다. 아주 사소해 보이는 행동이라고 해도 그것을 만들어 내는 과정은 절대 간단하지 않다. 두 번째 아이는 어떤 행동을 반복적으로 배웠을까, 어떤 길들임의 과정이 있었을까, 나아가 어떤 방식으로 세계를 이해하고 있을까. 궁금증이 마구마구 생겨났다.

아이가 떠나고, 나도 재활용품 가방을 모두 비운 후 자리를 옮기려는데, 입구에서 조금 떨어진 곳에 플라스틱 물통이 떨어져 있는 것이 보였다. 기분 좋게 집어 들어 골대를 향해 던졌다.

'앗싸! 골인!'

친절하고, 다정한

내가 기본적으로 추구하는 모습은 '친절하고, 다정한'이다. 친절하고 다정한 글을 쓰기 위해 노력하고, 친절하고 다정한 사람이 되기 위해 노력한다. '사랑'이라는 단어보다 '친절하고 다정한'이 훨씬 친근하고 현실적으로 다가온다. 그런 까닭에 계속해서 범위를 확장해 나가는 중이다. 글쓰기 강의나 수업 시간도 다르지 않다. 어느 순간 정신을 차려보면 친절을 얘기하고 있다.

"친절한 글을 쓰세요."

글을 쓰다 보면 자기중심적으로 진행되는 경우가 많다. 그러니까 자기는 모든 것에 대해 너무 잘 알고 있다 보니, 자기 기준으로 자르고 붙이기를 한다. 상세하게 설명해야 할 부분을 훌쩍 건너뛰기도 하고, 이미 앞서 여러 번 얘기한 것을 반복해서 강조하기도 한다. 그래서 읽는 사람이 당황스러울 때가 있다. 몇 번을 다시 읽어도 어떤 상황인지 금방 머릿속에 그림이 그려지지 않고, 갑작스러운 전개로 머리를 갸우뚱거리게 된다. 그런 순간을 위해 준비한 말이라고 해도 좋을 것 같다,

사실 글을 쓸 때만 그런 것은 아니다. 새로운 사람을 만나든, 오래전부터 알고 지내는 사람을 만나든 나는 '친절하고, 다정한'을 기억하려고 노력한다. 순간적인 감정이 태도가 되지 않기를 바라는 마음으로, 내가 어느 정도의 친절을 담아낼 수 있는지 자문하면서 말이다.

며칠 전에 있었던 일도 비슷하다. 병원에 갈 일이 생겼고, 의사 선생님의 간단명료한 검사 결과를 듣고 있었다. 5분 진료 시대, 정말 진료가 순식간에 끝났다. 설명은 간략했고, 말은 빛의 속도였다. 하지만 이대로는 끝

낼 수는 없었다. 궁금함을 잔뜩 안고 돌아갈 수는 없었다.

"선생님, 지금 포인트가 조금 다른 것 같은데요. 제가 궁금한 것은⋯."

비슷한 말을 몇 번이나 반복하게 만든다고 생각한 것인지 의사 선생님 표정이 일그러지면서 갑자기 톤이 높아졌다. 하지만 이내 뭔가 잘못되었다고 자각했는지, 갑자기 말문을 닫았다. 그러고는 다시 조심스럽게 말을 건네왔다.

"잠시만요. 제가 다시 설명해 드릴게요. 먼저 이해하실 게 있는데⋯."
"네⋯."
"이제 좀 이해되셨어요?"
"네, 이해했어요."

제대로 이해한 것을 보며 혼자 뿌듯해하는 선생님을 뒤로하고 병실 문을 닫고 나왔다. 더 정확하고 명쾌하게 알게 되었다는 기쁨도 잠시, 나도 모르게 입속에 맴돌던 말이 밖으로 튀어나올 뻔했다.

"선생님, 친절하게 얘기해 주세요."

일이 아니라 놀이를 하는 것 같은

일을 통한 만남은 내게 기쁨이고 즐거움인 동시에 학습의 시간이다. 대부분 글을 쓰거나 책을 읽는 것, 책을 쓰기 위한 경험과 과정을 공유할 때인데, 매번 느끼는 것이지만 한 사람이 온 게 아니라 하나의 인생이 나를 찾아온 느낌이다.

취미든, 인생 2모작이든, 부캐를 위해 찾았든 똑같은 사람은 단 한 명도 없었다. 그들은 다양한 모습을 가지고 있다. 덕업일치를 이룬 사람, 직장인이면서 자영업을 병행하는 사람, 적성과 전혀 상관없는 일을 하고 있지만 덕분에 좋아하는 취미를 계속 이어 나갈 수 있다는 사람, 인생 후반전을 서둘러 준비하는 사람, 퇴직을 앞두고 잠시 숨 고르기를 하는 사람까지 삶의 목적과 방식, 태도가 모두 다르다. 그런 사람들과의 만남은 그

자체로 활력소가 된다.

우리의 대화에서 소재는 언제나 '자기 자신'이다. 현재의 관심, 배우고 있는 것, 원하는 것, 해 보고 싶은 것에 관해 과거와 현재와 미래를 넘나들며 어떤 날에는 단호하게, 어느 순간에는 부드러운 분위기를 연출한다. 어디까지나 자기 이야기를 하기에 다른 누군가 혹은 무엇이 들어올 틈이 없다. 오롯이 자신에게 집중하고, 그 모습을 들여다보고, 응원하고, 지지한다. 거기에 한 가지 중요하게 다루는 것이 있다면 '세상에 공짜는 없다'라는 공통된 시각이다. 진정성 있는 성실, 어떤 경우에는 그것을 향해 평생을 걸어가야 한다고 말하기도 한다. 가끔 현실적인 어려움을 호소하기도 하고, 새로운 방법을 기대하며 의견을 구하기도 한다. 그럴 때면 진심 가득한 조언이 나오기도 하는데, 그때마다 습관적으로 덧붙이는 말이 있다.

"어디까지나 개인적인 경험이고, 하나의 의견이에요. 어디까지나 참고 자료라는 거 아시죠?"

그렇게 한참 시간을 보낸 후, 각자의 길을 찾아 떠난다. 누가 대신 나서서 해결해 주기를 바라거나, 상황을 원망하거나, '누구 탓'을 하지 않으면서 말이다. 우리는 너무 잘 알고 있다. "내 인생은 내가 선택하고 내가 책임져야 한다"라는 명제를. 때로는 서운하게 들릴 수 있지만, 용감하게 자신의 걸음으로 정체성을 만들어 가야 한다는 것을.

사실 그래서 더 활력소가 되는지도 모르겠다. 덕분에 나의 정체성을 수시로 살펴보게 되니 말이다. 그래서일까. 하루하루 억지로 무언가를 해내는 느낌이 아니라, 하루하루 나만의 그림을 그려 가는 기분이다.

당장은 모를 수 있다

아버지와 함께 일한 적이 있다. 정확하게는 아버지 일을 도왔다는 표현이 맞을 것이다. 상황은 이랬다. 졸업 후 잘 다니던 회사가 규모를 확장해 본사를 서울로 옮기게 되었다. 가뜩이나 서울에 대한 로망이 있었던 나는 어떻게든 따라가려고 부모님을 설득했지만 결국 실패했다. 눈 뜨면 코 베어 가는 서울에서 살아남지 못할 거라는 이유에서였다. 덕분에 나는 졸지에 퇴직자가 되었고, 일시적 백수 상태로 생활하고 있었다.

그런 와중에 아버지 회사에서 일하던 경리 언니가 문제를 일으켰다. 흔한 말로 돈 장난을 한 것이다. 지금은 모든 것을 전산으로 처리하고 간단하게 확인할 수 있지만, 당시만 해도 모든 것을 수기로 관리했다. 문제가 생겨도 놓치는 경우가 태반이었다. 그러다 보니 일이 터져도 모르고 있다가 몇 달 뒤에 아는 경우가 많았다. 아버지도 상황이 비슷했다. 모든 정황이 드러났고, 경리 언니는 퇴사 처리가 되었다. 하지만 진짜 문제는 그 다음이었다. 아버지에게서 '사람에 대한 믿음'이 깡그리 사라진 것이다.

"금방 사람 구할 테니까, 그때까지만 있으면 돼…."

나는 '금방'만 일할 생각이었다. 아르바이트처럼 몇 달만 하면 된다는 마음으로 가볍게 출근했다. 하지만 모든 일에는 변수가 있기 마련이고, 나도 예외가 아니었다. 간단한 경리 업무를 시작으로 현금 관리, 은행 업무, 재무, 회계까지 영역이 조금씩 확장되었다. 그리고 예상했던 것보다 훨씬 오래 다녔다.

그런데 돌이켜 생각하면, 그때 배운 것이 상당하다.

사람을 만나는 일, 은행을 오가며 예금과 대출을 관리하는 일, 대차대조표를 살펴보는 일, 현금 흐름표를 체크하며 3년, 5년 계획을 세우는 일까지 학교에서 배워 이론만 알고 있던 것을 현장에서 경험할 기회를 얻었다. 배운 것은 경리 업무만이 아니었다. 규모가 크지 않다 보니 자재, 생산, 영업관리에 대해서도 얕은 지식을 쌓을 수 있었다. 하지만 당시에는 지금의 깨달음과 상관없이 늘 의문스러웠다.

'지금 여기에서 배우는 것이 과연 나중에 쓸모 있을까?'

'그만두고 적성에 맞는 다른 일을 찾는 게 훨씬 나은 선택이 아닐까?'

'적어도 이것보다는 더 낫지 않을까?'

인생은 살아 봐야 하고, 경험해 봐야 한다는 말은 나를 두고 하는 것 같다. 어떤 것이 쓸모 있고, 쓸모없는지 그 순간에는 잘 모를 수 있다. 아버지 회사에서의 생활이 그랬다. 좋고 나쁨에 대한 평가도 비슷했다. 그때 좋았던 것이 끝까지 좋은 경우도 있었지만, 아닌 것도 있었다. 굉장히 운이 없다고 생각했던 일이 새로운 기회를 만나는 인연을 만들어 주기도 했으니 말이다. '금방 사람 구해질 때까지만'이라고 해서 시작했던 일이 지금 내가 출판사를 시작하고 이어 나가는 데 든든한 뿌리가 될 거라는 걸, 하늘은 알고 있었을까?

작가 생활을 충실히 수행하면서 혼자 글을 쓰고 강의 다닐 때는 생각나지 않았는데, 출판사를 시작하고부터는 그때의 일이 수시로 떠오른다. 출판사를 조금 더 성장시키는 쪽으로 방향성을 굳히면서 더욱 그런 것 같다.

모든 것을 혼자 해낼 수 없으니, 곁에 좋은 사람을 두고 다양한 관계 속에서 경험을 넓혀 나가야 한다는 얘기를 수십 번 수백 번 들었다. 손에 제대로 들고 있지도 못하는 덩어리를 가지고 아등바등할 것이 아니라 세부적으로 나누고, 스스로 할 수 없는 것은 누군가에게 믿고 맡겨야 한다는 것도 그때 배운 것이다.

오래전, 쓸모의 문제를 두고 의문스럽게 바라보았던 것이 예상에서 벗어나 가장 큰 자산이 되었다.

"공부할 때는 공부를 열심히 해야 해. 그걸로 평생 먹고살아야 하니까. 그때 하지 않으면 남들보다 못난 삶을 살게 돼."

부모님, 특히 아버지에게 가장 많이 들은 말이다. 아버지는 좀 더 장기적인 관점에서 인생의 선배로서 여러 메시지를 담았겠지만, 내게는 단순히 '공부=성적=인생'이라는 말처럼 들렸다. 그래서 '공부를 잘해야 한다'라는 말에 강한 거부감을 느꼈고, 소극적이든 적극적이든 자유를 갈망했다. 그래서일까, 공부할 때 열심히 공부하지 않은 까닭에 존재감, 자신감이라는 게 없었다. 그저 '청춘'을 핑계로 '나'의 위치를 확보하려는 전사였다. 그렇게 아버지의 간절함은 나에게 닿지 못했고, 허공에 산산이 부서졌다.

하지만 공부를 열심히 하지 않았다고 해서 생각조차 없던 것은 아니었다. 아니 오히려 생각이 너무 많아서 문제였다. 문제는 그 생각들이 대부분 부정적인 방향이었다는 점이지만. 성공 경험도 없고 자신감도 없으니 매사 최악의 상황을 먼저 그렸다. 어떤 일을 해야 한다면, 그 일을 했을 때 좋은 점 한 가지를 찾아낸 다음 이후에 겪게 될 어려움이나 힘든 상황을 두 가지, 세 가지 빠뜨리지 않고 설명했다. 그러면서 자연스럽게 다음 단계로 넘어갔다.

'굳이 실패자가 되려고?'

'아무리 봐도 무리야, 이건 무모한 일이야.'

'성공하면 다행이지만, 실패하면 그때는 어떻게 해?'

'부끄러워서 어떻게 고개 들고 다녀?'

'하고 나서 후회하는 것보다 차라리 안 하고 후회도 안 하는 게 낫잖아?'

대상도 명확하지 않은데, 어디선가 누군가가 나를 바라보는 것처럼 계속 합리화를 이어 나갔다. 그 사람을 설득하려는 것인지, 나를 설득하려는 것인지 구분하지도 못하면서 매사에 그런 방식이었다. 머릿속에 또 다른 누군가가 있으며, 그 사람에게 잘 보이기 위해 애썼던 것 같다. 그랬던 사람이 지금 보면 참 많이 바뀌었다. 가 보지 않은 길을 향해 한 걸음 내디디는가 싶더니, 계속 몸을 움직여 앞으로 나아가고 있으니 말이다.

단풍 든 숲속에 두 갈래 길이 있었습니다
몸이 하나니
두 길을 가지 못하는 것을 안타까워하며,
한참을 서서
낮은 수풀로 꺾여 내려가는 한쪽 길을
멀리 끝까지 바라보았습니다.

그리고 다른 길을 선택했습니다.

...

오랜 세월이 지난 후 어디에선가

나는 한숨지으며 이야기할 것입니다.

숲 속에 두 갈래 길이 있었고,

나는 사람들이 적게 간 길을 택했다고.

그리고 그것이 내 모든 것을 바꾸어 놓았다고.

로버트 프로스트, 〈가지 않은 길〉

요즘 나는 너무 많이 생각하지 않으려고 노력한다. 다양한 사람을 만나고 경험을 쌓으며 긍정의 옷을 몸에 걸쳤다고 해도, 지나치게 많이 생각하다 보면 습관적으로 예전의 나로 돌아가려는 것이 느껴지기 때문이다.

일어나지도 않은 불행한 상황을 상상하고, 아직 오지

도 않은 불안과 두려운 감정에 둘러싸여 발을 동동거

리고 싶지 않다. 얼마 되지도 않는, 거의 일어나지도 않

을 확률에 내 인생을 내맡기고 싶지 않다.

그러기엔 아침이 너무 찬란하다.

당신에게는 진정한 스승이 있나요?

솔직히 '진정한 스승이 있는가'라는 질문에 금방 떠오르는 사람이 없다. 하지만 곰곰이 생각해 보면 어느 지점, 어떤 순간을 잘 넘길 수 있도록 도와준 사람은 있었다. 위기, 고비, 고통이라고 여겨지는 순간, 누군가가 곁에 있었다. 가족, 친구, 선생님. 모두 스승 역할을 자청해 주었고, 그 덕분에 마음의 어려움을 이겨 낼 수 있었다. 다만 문제는 순간적인 고마움을 오래 기억하지 못한다는 점이다. 그런 까닭에 수많은 고비를 넘기고, 무수한 감사함이 있었음에도 '당신에게는 진정한 스승이 있나요?'라는 질문에 얼른 대답이 나오지 않아 미안할 뿐이다.

삶의 어느 순간 내 곁에 있었던 사람들, 그들의 개별적인 영향력에 대해 깊은 감사를 보낸다. 그들의 관심과 따뜻한 말 한마디는 내게 최고의 위로와 응원의 메시지였다.

하지만 진정한 스승을 좀 더 넓은 관점에서 해석할 수 있다면, 나는 일순간도 망설이지 않고 '책'이라고 대답한다. 정확하게는 '독서'가 될 것 같은데, 책 속의 주인공 또는 저자가 내겐 스승이다. 몇 년, 몇십 년, 혹은 수백 년 전의 존재들이 스승을 자처하며 길잡이 역할을 해 주고 있다. 살고 싶다는 마음으로 그들 곁으로 다가갔을 뿐인데, 그들은 내가 원할 때면 언제 어디서든 달려온다.

궁금해하는 것에 대해서는 답답함이 사라질 때까지 거듭거듭 알려 준다. 어떤 날에는 공자, 어느 날에는 벤저민 프랭클린, 어떤 순간에는 니체가 옆자리를 차지하고 두런두런 대화를 이어간다. 모리 교수는 항상 따뜻하고, 법정 스님의 목소리는 진솔함과 담백함이 가득하다. 그들의 몸짓과 언어는 나에게 새로운 창이 되어 주고, '삶은 좋은 것'이라는 시각을 유지할 수 있게 도와준다.

얼마 전, 모리 교수를 다시 만났다. 북클럽에서 『모리와 함께 한 화요일』을 읽게 된 것이다. 모리 교수는 책의 저자이자 화자이며 동시에 청자다. 미치는 루게릭병에 걸려 시한부 인생을 선고받은 대학 시절의 모리 교수를 방송에서 우연히 보게 된다. 당시 여러 복잡한 사정으로 어려운 상황에 놓여 있던 그는 대학 시절 '코치'라고 불렀던 모리 교수를 찾아간다. 16년 만의 재회다. 둘은 매주 화요일에 만나기로 약속하는데, 그것이 책의 제목이다.

모리와 함께 한 화요일. 그때부터 떠난 자도 아니고 남은 자도 아닌 '떠나려는 자' 모리 교수가 '남아 있는 자' 미치에게 자기 삶에서 얻은 생생한 경험과 철학과 의미를 전달한다. 16년 만에 미치를 만난 모리 교수가 물었다.

"사랑하는 사람을 만났는가?"
"이웃에 기여하는 삶을 살고 있는가?"
"최대한 인간답게 살고 있는가?"

사실 미치에게 던지는 모리 교수의 질문은 내가 처음 이 책을 만난 날부터 마음속에 품고 살아가는 질문이기도 하다. 모리 교수는 미치에게 묻고 있지만, 미치를 넘어 곧장 나에게 달려온 질문이었다. 그 질문을 북클럽에서 다시 만나게 되었다. 스승은 여전했다. 부드러움을 잃지 않았으며, 따듯하면서도 명료한 말투는 그때나 지금이나 다르지 않았다. 고백하듯 독백하듯 커피 한 잔을 입가로 가져가면서 대답을 이어 나갔다.

'사랑하는 사람을 만났습니다. 사랑하는 가족과 아이들이 있어 감사합니다. 기여하는 삶에 관한 생각은 늘 하고 있습니다. 처음에는 기여한다는 말이 어찌나 어렵게 느껴지던지, 삶이 숙제처럼 느껴지기도 했습니다. 하지만 다행스럽게도…'

평범한 일을 특별하게 하자

예전에 글쓰기 프로그램에 참여했던 분이 오랜만에 출판사를 다녀갔다. 나와 완전히 똑같은 길을 가지는 않지만, 삶에게 비슷한 질문을 던져 놓은 상태였다. 그런데 근래 생각했던 것보다 일이 잘 풀리지 않자, 약간의 우울감이 슬픔으로 바뀌려는 것이 느껴졌다고 한다. 이대로는 안 될 것 같다는 마음에, 뭐라고 해야겠다는 생각으로 찾아왔다는 그녀는 내게 딱히 바라는 게 있는 건 아니라고 했다. 잠시 머물면서, 생각나는 대로 얘기 나누다 보면, 스스로 정의 내리지 못하고 있는 것이 무엇인지 알게 되지 않을까 하는 마음이 전부라고 했다.

한 시간 정도 이야기를 나누었다. 처음 들어올 때보다 조금 밝아진 모습이었지만 여전히 마음이 쓰였다. 그러면서 뭔가 힘이 날 만한 것을 주고 싶다는 생각이 들었던 모양이다. 그때 생각난 것이 다이어리에 붙여놓고 아침저녁으로 들여다보던 포스트잇이었다. 거기에는 이렇게 적혀 있었다.

"나의 성공 비결은 단순하다. 매일 한 시간 책을 읽고, 매일 한 시간 글을 쓰고, 매일 한 시간 아이디어를 정리하거나 기획하는 활동을 한다. 평범한 일을 특별하게 하자!"

누구라고 콕 집어 말할 수 없는 여러 스승 덕분에 완성한 문장이다. 이는 당시 내게 일상을 살아가는 기준 같은 것이었고, 멀리 바라보더라도 발이 땅에 단단하게 박혀 있기를 희망하는 다짐이었다. 예상하지 못한 순간에 불쑥 찾아오는 불안 또는 두려움에 맞서는 부적 같은 것이기도 했다. 그런 솔직한 마음과 함께 포스트 잇을 건네는데, 그녀가 얼마나 기뻐했는지 모른다.

벅찬 감정을 숨기지 않으면서 더는 자신을 괴롭히지 않겠다며 나를 끌어안는데 내가 미안할 정도였다. 그러면서 생각했던 것 같다. 그녀가 모든 걱정과 고민을 덜어내지는 못하겠지만, 중요하다고 여기는 것을 지켜나가는 데 도움이 되면 좋겠다고. 내가 그랬듯, 어느 순간 그녀에게 막연함이 혼돈과 함께 불쑥 고개 내밀 때, 조금이라도 수월하게 대응하는 일에 보탬이 되면 좋겠다고.

5년, 8년, 10년, 그 이상의 세월을 가까이에서 지켜본 사람들은 내가 대단한 성장을 이루어 냈다고 얘기한다. 맨땅에 헤딩하듯 출발했기에, 드러낼 만한 것이 하나도 없는 상태에서 시작했기에 그렇게 보일 수 있다. 하지만 '대단한'은 어디까지나 주관적이며 개인적인 감정이다. 다시 말해 어떻게 바라보느냐에 따라 다른 온도를 가진다. 거기에 나는 운이 좋아 주변의 도움을 많이 받은 것도 사실이다.

사정이 이렇다 보니 그런 이야기를 들을 때마다 부끄러운 마음이 먼저 생겨난다. 사람들이 한 번씩 비결을 궁금해하면서 거창한 것을 기대하고 질문하기도 하는데, 몇 번 비슷한 상황에 놓이고는 고민이 깊어졌다. 다른 이유는 없었다. 딱히 말해 줄 만한, 내세울 만한 무언가가 없기 때문이다. 남다른 비결이 있는 것도 아니고, 두려움이 없는 사람도 아니기 때문이다. 그저 내가 느끼는 감정에 충실했고, 다른 사람의 말이 아니라 내 목소리에 집중하려고 노력했을 뿐이다. 내 인생을 돕고 싶다는 마음이 다른 사람보다 조금 강했을 뿐이다.

그러니까
지극히 평범한 사람이,
지극히 평범한 일을,
아주 조금 특별하게 바라보았을 뿐이다.

오랜 시간 심리, 사회, 철학, 문학, 과학 분야의 책을 가리지 않고 읽으면서 거기에서 생겨난 배움을 삶에 적용하기 위해 애쓰고 있다. 그러다 보니 몇 가지 기준이 만들어진 것 같다. 예를 들어, 살아가는 데는 정답이 따로 있지 않으며 다른 사람이 보기엔 오답처럼 보여도 자신만의 정답을 향해 나아가는 과정일 수 있다는 생각, 감정은 옳고 그름의 판단의 대상이 아니라는 인식 같은.

하지만 무엇보다 가장 큰 수확은 '결과로부터 자유로운 삶'에 대한 깨달음이라고 생각한다. 그 덕분에 결과를 걱정하기보다 과정을 소중하게 다루고, 불필요한 걱정을 미리 당기는 습관을 버리며, 매 순간 밀도를 높이는 일에 집중할 수 있게 되었다.

"나의 성공 비결은 단순하다. 매일 한 시간 책을 읽고, 매일 한 시간 글을 쓰고, 매일 한 시간 아이디어를 정리하거나 기획하는 활동을 한다. 평범한 일을 특별하게 하자!"

그녀에게 전한 포스트잇은 그런 내 마음이 고스란히 담긴 문장이었다.

결국 인생은 우리 모두를 철학자로 만든다.

모리스 리즐링, 프랑스 사상가

Best를 버리니 Only가 보였다

에필로그

나는
어떤 사람으로
기억되고 싶은가

앞으로 무슨 옷을 입을지

퇴고 막바지에 이르러 에바 알머슨의 전시를 볼 기회가 있었다. 내면의 힘을 누구보다 소중하게 여기는 그녀. 기쁨과 행복과 사랑을 선택할 권리를 스스로 포기하지 말고, 무슨 옷을 입을지 결정하는 일에 마음을 다하라는 메시지가 강한 인상을 남겼다. 마치 그녀가 용기와 선택, 인내의 힘을 얘기하며 내가 옳다고 여기는 것을 향해 나아가는 모습을 열렬히 응원하는 느낌이었다.

불과 몇 년 전까지만 해도 표현은 서툴고, 문장은 단순했다. 삶의 방식도 비슷했다. 은근하게 향기를 품어 내기보다 원하는 것을 정면에서 설명하기를 즐겼다. 유한한 삶을 무한한 것처럼 살아가는 태도에 관해 '죽음을 기억해야 한다'라는 피켓을 들고 직접적인 소통을 시도했다. 지금 이 순간에도 죽음이 우리 곁에 흐르고 있으며, 죽음의 그림자가 그려 놓은 흔적을 놓치지 말아야 한다는 사실을 강조하면서 말이다. 그러니까 표현, 문장, 나아가 삶이 마음을 그려 내지 못했다.

요즘은 그런 행보에 약간의 변화가 생긴 것 같다. 대놓고 죽음을 얘기하거나 유한함을 인식시키기 위해 노력하기보다는 존재에 관한 이야기를 더 자주 한다. 그러니까 죽음이 아니라 삶 자체로 과녁을 바꾼 셈이다. 하지만 삶이라고 얘기하면 너무 거창하게 느껴졌다. 어루만지기엔 덩치가 너무 커 보였다. 그래서 나는 '삶'이 아니라 '사람'으로 다시 한번 방향을 바꾸었다. 삶을 이야기하지 말고, 사람에 관해 이야기하기로.

비슷해 보여도 우리는 서로 다른 존재다. 지금껏 각기 다른 선택을 추구한 까닭에 차이가 존재할 것이며, 그 차이를 온전히 그려 낼 수만 있다면 그것으로 충분하다는 결론에 도달한 것이다.

나는 어떤 사람으로 기억되고 싶은가?

스스로 참 많이 되물었던 질문이다. 아주 가끔은 교양 있는 사람처럼 보이는 선택을 하기도 했고, 어떤 날에는 지혜로운 사람처럼 행동하기도 했다. 하여간 어떤 식으로든 내가 지닌 결핍, 열등감을 다스리면서 건설적으로 만들어 가고 싶다는 바람으로 여기까지 왔다. 그런 노력의 결과라고 생각한다. 개척자라도 된 것처럼, 몇 개의 문장을 몸에 지니게 되었으니 말이다.

첫째, 나는 '착한 사람'을 꿈꾼다. 착한 사람 콤플렉스에만 빠지지 않는다면, 착한 사람이라는 방향성을 놓고 싶지 않다. '착한'이라는 사회적 정의 또는 시대가 만들어 놓은 이념이 아니라, 책을 읽고 글을 쓰면서 익힌 것을 나의 삶과 연결하고 싶다. 긍정적인 면을 발견하려고 애쓰는, 조심스럽지만 먼저 손을 내밀 줄 아는, 목적이 분명한 것에 대해서는 두려움을 극복하며 나아가려는 모습이 내가 생각하는 착한 사람의 모습이다.

둘째, 나는 아이들에게 사랑받는 사람이 되고 싶다. 금세 돌아서서 언제 그랬냐는 듯 다른 일에 몰입하는, 기본적으로 미소를 장착한, 엉엉 목 놓아 울 수 있고 소리 내어 힘차게 웃을 수 있는 아이들이 내게는 스승이다. 그들이 지닌 자연적인 흐름, 세계를 신뢰한다. 그런 아이들에게 사랑받는다는 것은 나의 뿌리가 어디에 있는지, 내가 돌아갈 곳이 어디인지를 잊지 않게 도와준다.

마지막으로 편견을 지니지 않는 사람을 꿈꾼다. 물론 허우적거리는 날이 있기는 하겠지만, 나를 끌어안았던 경험을 통해 누군가를 끌어안는 일이 어렵지 않기를 희망한다. 뒷걸음치려는 마음을 인정하고, 실수를 용서하며, 더디지만 앞으로 나아가는 모습을 격려하는 방식으로 그들의 세계를 받아들이는 사람이 되고 싶다. 평가하지 않는 사람, 판단하지 않는 사람, 나는 그런 사람을 꿈꾼다. 나를 억누르고 싶지 않은 것처럼 그들의 삶을 억누르려고 하지 않는다면, 어려워 보이는 '편견을 지니지 않음'에 도달할 수 있을 거라고 희망을 가져 본다.

어쩌면 몇 년이 흐른 후, 나는 똑같은 질문에 완전히 다른 대답을 내놓을 수도 있다. 혹은 여전히 비슷한 대답을 내놓을 수도 있다. 지금으로서는 '알 수 없음'이다. 왜냐하면 내 삶은 현재진행형이기 때문이다. 다만 분명한 것은 적응과 변화의 중심에 있으면서 생각을 들여다보고, 어떤 사람이 되고 싶은지 끊임없이 묻고 대답할 거라는 사실이다.

새롭게 써 내려갈 어중간함

이번 책의 제목인 『Best를 버리니 Only가 보였다』는 원고를 기획할 때부터 머릿속에서 반복적으로 되뇌던 문장이다. 하지만 마지막까지 고민이 계속되었다. 이 문장을 과연 내가 감당할 수 있을까? 앞으로 살아가는 동안 이 문장에 책임질 수 있을까? 어중간함이 best를 넘어 only가 될 수 있을까? 그렇게 걱정과 두려움으로 결정을 차일피일 미루고 있는데, 전혀 예상하지 않은 장소에서 해결의 실마리를 찾았다.

남편과 나는 늦은 퇴근 후 막걸리를 와인처럼 한 잔씩 즐긴다. 그날도 비슷했다. 간단하게 저녁을 먹고 둘이 막걸리 한 잔 들이켜는데 두 아이가 자리에 함께하게 되었다. 학교 이야기, 공부 이야기, 친구 이야기, 꿈에 관한 이야기까지 줄줄이 사탕처럼 쏟아지던 중 어쩌다가 서로를 칭찬하는 분위기가 만들어졌다. 처음부터 그런 의도는 아니었다. 불안이나 걱정, 두려움이 아니라 희망을 바라보며 살아가자는 의미였는데, 막걸리 잔을 내려놓던 남편이 잘 늙어 가는 노하우를 터득했는지 뜻밖의 말을 내놓았다.

"엄마는 잡기에 능하지. 음, 그러니까... 다재다능?"

갑작스러운 아빠의 말에 두 아이는 물론, 나까지 서로를 바라보며 웃었다. 평소 저런 단어를 쓰지도 않는 사람이 아무렇지도 않은 듯 얘기하는 상황이 너무 재미있었기 때문이다. 그 순간, 첫째가 아빠를 향해 호기심 가득한 얼굴로 물었다.

"그럼, 아빠는?"
"아빠? 음, 아빠는…. 다정다감?"

"와!"

"대박!"

남편의 재치 있는 대답에 요즘 국어사전 가지고 공부하냐고, 회사에서 일하지 않고 책만 읽고 있는 게 아니냐고 농담을 주고받으며 대화를 이어 나갔다. 그런 따듯한 분위기도 분위기였지만 그 짧은 순간에 책의 제목, 에필로그의 마지막 글이 완성되었다면 믿을 수 있을까?

'그래, 이거였어! 어중간함? 다재다능!'

Best는 은유적 표현이다. 최대한 단순화하자면 누군가, 혹은 무엇인가와 자꾸 비교하려는 마음을 대신하는 표현이다. Only 역시 은유적 표현이다. 누군가, 혹은 무엇인가를 위해 살지 않고 나다움을 향해 노력하겠다는 다짐 같은 것이다.

여기에 실린 글은 그러한 시작점의 이야기이자, 과정의
속살이다. 지나온 시간 동안 많은 부분이 어중간해서
어떤 것에도 결정적인 역할을 하지 못했다. 하지만 이
야기를 계속 이어 왔고, 속살이 단단해지면서 어중간
함이 정말 끝내주는 단어를 마주하게 되었다. 다재다
능, 새롭게 써 내려갈 이야기가 생겼다.

마지막으로 퇴고하는 내내 고민하던 문제를 말끔하게
해결해 준 남편과 우연인 듯 필연인 듯 따듯한 분위기를
연출해 준 두 아이 민지와 정우에게 깊은 사랑을 보낸다.

생각을 담다
마음을 담다

도서출판 담다

Best를 버리니 Only가 보였다

미처 몰랐던 진짜 내 모습 찾기 프로젝트

초판 1쇄 2023년 4월 5일
지은이 윤슬

발행처 담다
발행인 김수영
교열 김민지
디자인 김혜정
출판등록 제25100-2018-2호
주 소 대구광역시 달서구 조암로 38, 2층
메 일 damdanuri@naver.com
문 의 010.4006.2645

ⓒ 윤슬, 2023
ISBN 979-11-89784-30-0 (03810)